dtv

Dieses Taschenbuch enthält acht moderne amerikanische Kurzgeschichten, acht Liebesgeschichten. Den englischen Originaltexten sind in Paralleldruck deutsche Übersetzungen gegenübergestellt.

Sollte es eine Kulturgeschichte der Liebe geben, so dürften diese Erzählungen beanspruchen, interessante Zeichen der Zeit zu sein. Diesen Liebenden macht zum Beispiel die Psychologie zu schaffen – sie fasziniert sie freilich auch. Oder jemand findet, daß er noch nicht voll auf seine Kosten gekommen ist; könnte da nicht noch ein Abenteuer drin sein, wenigstens ein halb-ehrliches? Oder: gibt es nicht doch eine Liebe, die sich so elementar ereignet wie «droben in Michigan»? Und: sind Freiheit, Große Weite Welt, Selbstverwirklichung auf der einen Seite und un-bedingte Hingabe auf der anderen wirklich nicht gleichzeitig zu haben?

Aber vielleicht ist die Liebe seit Menschengedenken im Prinzip gleich geblieben? Nach dem, was hier erzählt wird, könnte das wohl sein – und so wären immer nur die Kulissen und die Kostüme verschieden...

Jedenfalls ist dieses Buch ein fesselndes Stück Welttheater mit rührenden, herzlichen, komischen, verwegenen, albernen und poetischen Szenen.

LOVE STORIES

AMERIKANISCHE LIEBESGESCHICHTEN

Auswahl und Übersetzung von Theo Schumacher

Deutscher Taschenbuch Verlag

dtv zweisprachig
Begründet von Kristof Wachinger-Langewiesche

Original-Anthologie
1. Auflage Mai 1983. 13. Auflage Dezember 2007
Deutscher Taschenbuch Verlag GmbH & Co. KG, München
www.dtv.de zweisprachig@dtv.de
Copyright-Nachweise Seite 166 ff
Umschlagkonzept: Balk & Brumshagen
Umschlagbild:
Ausschnitt aus der Installation ‹Still life #59› (1972)
von Tom Wesselmann (Maße: 105 $^1/_2$ × 190 $^3/_4$ × 83",
Öl auf Leinwand, Acryl auf Teppich, 5 Teile plus Teppich,
4 freistehend), VG Bild-Kunst, Bonn 2007
Gesamtherstellung: Kösel, Krugzell
Gedruckt auf säurefreiem, chlorfrei gebleichtem Papier
Printed in Germany · ISBN 978-3-423-09190-9

Morley Callaghan: The Snob

It was at the book counter in the department store that John Harcourt, the student, caught a glimpse of his father. At first he could not be sure in the crowd that pushed along the aisle, but there was something about the color of the back of the elderly man's neck, something about the faded felt hat, that he knew very well. Harcourt was standing with the girl he loved, buying a book for her. All afternoon he had been talking to her, eagerly, but with an anxious diffidence, as if there still remained in him an innocent wonder that she should be delighted to be with him. From underneath her wide-brimmed straw hat, her face, so fair and beautifully strong with its expression of cool independence, kept turning up to him and sometimes smiled at what he said. That was the way they always talked, never daring to show much full, strong feeling. Harcourt had just bought the book, and had reached into his pocket for the money with a free, ready gesture to make it appear that he was accustomed to buying books for young ladies, when the white-haired man in the faded felt hat, at the other end of the counter, turned half-toward him, and Harcourt knew he was standing only a few feet away from his father.

The young man's easy words trailed away and his voice became little more than a whisper, as if he were afraid that everyone in the store might recognize it. There was rising in him a dreadful uneasiness; something very precious that he wanted to hold seemed close to destruction. His father, standing at the end of the bargain counter, was planted squarely on his two feet, turning a book over thoughtfully in his hands. Then he took out his glasses from an old, worn leather case and adjusted them on the end of his nose, looking down over them at the book. His coat was thrown open, two buttons on his vest were undone, his hair was too long, and in his rather

Es war in der Buchabteilung des Kaufhauses, daß der Student John Harcourt plötzlich seinen Vater sah. Zuerst war er sich in der Menge, die den Gang zwischen den Verkaufstischen entlang drängte, nicht sicher. Aber an der Hautfärbung im Nacken des ältlichen Mannes und an dem verblichenen Filzhut war etwas, das kannte er einfach. Harcourt stand neben dem Mädchen, das er liebte, und suchte ein Buch für sie aus. Den ganzen Nachmittag hatte er mit ihr geplaudert, eifrig, aber auch voll banger Scheu, als fühlte er noch immer ein kindliches Staunen, daß sie seine Gesellschaft mochte. Ihr Gesicht unter dem breitkrempigen Strohhut, so hell und klar in seinem Ausdruck gelassener Sicherheit, sah immer wieder zu ihm auf, manchmal mit einem Lächeln, wenn er etwas sagte.

Dies war die Art, wie sie miteinander sprachen: nie hätten sie gewagt, offen und deutlich ihre Gefühle zu zeigen. Harcourt hatte sich soeben für ein Buch entschieden und mit einer lässigen Bewegung, als kaufte er tagtäglich Bücher für junge Damen, nach dem Geld in seiner Tasche gegriffen, als der weißhaarige Mann mit dem verblichenen Filzhut am anderen Ende des Verkaufstisches sich halb in seine Richtung drehte. Nun wußte Harcourt, daß ihn nur wenige Meter von seinem Vater trennten.

Der Redefluß des jungen Mannes geriet ins Stocken, und seine Stimme sank fast zu einem Flüstern herab, als fürchtete er, von allen Leuten im Kaufhaus an ihr erkannt zu werden. Eine schreckliche Unruhe stieg in ihm auf; etwas Kostbares, das er zu bewahren wünschte, schien von Vernichtung bedroht. Sein Vater stand derb und breitbeinig am Ende des Tisches mit den Sonderangeboten, in den Händen ein Buch, in dem er versonnen blätterte. Dann nahm er seine Brille aus einem alten, abgegriffenen Lederetui, setzte sie umständlich auf die Nasenspitze und blickte über sie hinweg auf die Seiten. Sein Mantel hing aufgeknöpft herunter, an seiner Weste waren zwei Knöpfe offen, seine Haare waren zu lang. In seiner ziemlich schäbigen Aufmachung sah er genau so aus wie ein Handwer-

shabby clothes he looked very much like a working-man, a carpenter perhaps. Such a resentment rose in young Harcourt that he wanted to cry out bitterly, 'Why does he dress as if he never owned a decent suit in his life? He doesn't care what the whole world thinks of him. He never did. I've told him a hundred times he ought to wear his good clothes when he goes out. Mother's told him the same thing. He just laughs. And now Grace may see him. Grace will meet him.'

So young Harcourt stood still, with his head down, feeling that something very painful was impending. Once he looked anxiously at Grace, who had turned to the bargain counter. Among those people drifting aimlessly by with hot red faces, getting in each other's way, using their elbows but keeping their faces detached and wooden, she looked tall and splendidly alone. She was so sure of herself, her relation to the people in the aisles, the clerks behind the counters, the books on the shelves, and every-thing around her. Still keeping his head down and moving close, he whispered uneasily, "Let's go and have tea somewhere, Grace."

"In a minute, dear," she said.

"Let's go now."

"In just a minute, dear," she repeated absently.

"There's not a breath of air in here. Let's go now."

"What makes you so impatient?"

"There's nothing but old books on that counter."

"There may be something here I've wanted all my life," she said, smiling at him brightly and not noticing the uneasiness in his face.

So Harcourt had to move slowly behind her, getting closer to his father all the time. He could feel the space that separated them narrowing. Once he looked up with a vague, sidelong glance. But his father, red-faced and happy, was still reading the book, only now there was a meditative expression on

ker, vielleicht ein Zimmermann. So viel Groll und Bitterkeit stieg in Harcourt auf, daß er am liebsten geschrieen hätte: ‹Warum zieht er sich an, als hätte er sein Leben lang noch keinen anständigen Anzug besessen? Er schert sich nicht darum, was die Leute von ihm denken. Er hat es nie getan. Ich hab ihm hundertmal gesagt, er soll sich ordentlich anziehen, wenn er ausgeht. Und Mutter hat ihm dasselbe gesagt. Er lacht nur. Und jezt sieht Grace ihn vielleicht. Grace wird ihn kennenlernen.›

John Harcourt blieb unbeweglich stehen, mit gesenktem Kopf und mit dem Gefühl, daß etwas sehr Peinliches bevorstand. Einmal blickte er besorgt nach Grace, die sich dem Tisch mit den Sonderangeboten zugewandt hatte. Unter all den Leuten, die ziellos mit roterhitzten Gesichtern vorbei trieben, sich in die Quere kamen und ihre Ellbogen benutzten (aber dabei unbeteiligte, hölzerne Mienen machten), stand sie als einzige aufrecht und unangefochten da. Inmitten der Menschen in den Gängen und des Verkaufspersonals hinter den Tischen und der Bücher in den Regalen und all der anderen Dinge ringsherum war sie ihrer selbst völlig sicher. Noch immer den Kopf gesenkt, trat Harcourt dicht an sie heran und flüsterte nervös: «Laß uns gehen und irgendwo Tee trinken, Grace!»

«Gleich, Liebling», sagte sie.

«Nein, jetzt.»

«Nur eine Minute, Liebling», wiederholte sie zerstreut.

«Hier ist keine Luft zum Atmen. Gehn wir gleich!»

«Warum bist du so ungeduldig?»

«Das sind ja doch nur alte Bücher, auf dem Tisch da.»

«Es könnte was dabei sein, das ich schon mein ganzes Leben suche», sagte sie, ihn heiter anlächelnd, ohne die Unruhe in seinem Gesicht zu bemerken.

So blieb Harcourt nichts übrig, als ihr langsam zu folgen, immer näher auf seinen Vater zu. Er spürte, wie sich der Raum zwischen ihnen zusammenschob. Einmal sah er unsicher und verstohlen auf. Aber sein Vater, rotgesichtig und zufrieden, las immer noch in dem Buch, jetzt allerdings mit einer nachdenklichen Miene, so als hätte etwas darin sein Interesse

his face, as if something in the book had stirred him and he intended to stay there reading for some time.

Old Harcourt had lots of time to amuse himself, because he was on a pension after working hard all his life. He had sent John to the university and he was eager to have him distinguish himself. Every night when John came home, whether it was early or late, he used to go into his father and mother's bedroom and turn on the light and talk to them about the interesting things that had happened to him during the day. They listened and shared this new world with him. They both sat up in their night clothes, and, while his mother asked all the questions, his father listened attentively with his head cocked on one side and a smile or a frown on his face. The memory of all this was in John now, and there was also a desperate longing and a pain within him growing harder to bear as he glanced fearfully at his father, but he thought stubbornly, 'I can't introduce him. It'll be easier for everybody if he doesn't see us. I'm not ashamed. But it will be easier. It'll be more sensible. It'll only embarrass him to see Grace.' By this time he knew he was ashamed, but he felt that his shame was justified, for Grace's father had the smooth, confident manner of a man who had lived all his life among people who were rich and sure of themselves. Often when he had been in Grace's home talking politely to her mother, John had kept on thinking of the plainness of his own home and of his parents' laughing, good-natured untidiness, and he resolved desperately that he must make Grace's people admire him.

He looked up cautiously, for they were about eight feet away from his father, but at that moment his father, too, looked up and John's glance shifted swiftly far over the aisle, over the counters, seeing nothing. As his father's blue, calm eyes stared steadily over the glasses, there was an instant when their glances might have met. Neither one could have

geweckt und als wollte er nun noch dableiben, um eine Weile zu lesen.

Der alte Harcourt hatte viel Zeit, sich zu zerstreuen, weil er nach einem Leben voll harter Arbeit nun Rente bezog. Er hatte John auf die Universität geschickt und war sehr darauf aus, daß er sich dort auszeichnete. Jeden Abend, wenn John nach Hause kam, es mochte früh oder spät sein, ging er in das Schlafzimmer seiner Eltern, machte Licht und erzählte ihnen von den bemerkenswerten Dingen, die er tagsüber erlebt hatte. Sie hörten zu und nahmen Anteil an seiner neuen Welt. Beide setzten sich in ihren Nachtgewändern auf, die Mutter fragte ihn aus, und der Vater hörte aufmerksam zu, den Kopf zur Seite geneigt, mal lächelnd, mal bekümmert. All dies kam John jetzt in den Sinn, er spürte nun auch ein verzweifeltes Sehnen, einen immer schwerer zu ertragenden Schmerz, und er schielte ängstlich nach seinem Vater. Gleichzeitig dachte er voll Trotz: ‹Ich kann ihn nicht vorstellen. Es ist für alle einfacher, wenn er uns nicht sieht. Ich schäme mich nicht. Aber es ist einfacher. Es ist rücksichtsvoller. Es wäre ihm nur peinlich, Grace zu begegnen.›

Im gleichen Augenblick wurde ihm bewußt, daß er sich doch schämte, und das, wie ihm schien, zu Recht. Was hatte Grace für einen Vater: elegant und selbstbewußt! Man sah ihm an, daß er immer unter wohlhabenden und selbstsicheren Menschen gelebt hatte. Oft, wenn er, John, bei Grace zu Hause höflich mit ihrer Mutter plauderte, dachte er an die Unansehnlichkeit der eigenen vier Wände, an die heitere, gemütliche Unordentlichkeit seiner Eltern, und verbiß sich in den Vorsatz, die Bewunderung von Graces Familie zu verdienen.

Er hob vorsichtig den Blick, denn jetzt waren sie nur noch wenige Schritte von seinem Vater entfernt. In diesem Augenblick sah auch der Vater auf, und Johns Augen schweiften schnell über den Gang, über die Verkaufstische, ins Nichts. Während die ruhigen blauen Augen des Alten unbewegt über die Brille hinwegschauten, trat ein Moment ein, in dem sich ihre Blicke eigentlich kreuzen mußten. Keiner von ihnen

been certain, yet John, as he turned away and began to talk hurriedly to Grace, knew surely that his father had seen him. He knew it by the steady calmness in his father's blue eyes. John's shame grew, and then humiliation sickened him as he waited and did nothing.

His father turned away, going down the aisle, walking erectly in his shabby clothes, his shoulders very straight, never once looking back. His father would walk slowly down the street, he knew, with that meditative expression deepening and becoming grave.

Young Harcourt stood beside Grace, brushing against her soft shoulder, and made faintly aware again of the delicate scent she used. There, so close beside him, she was holding within her everything he wanted to reach out for, only he felt a sharp hostility that made him sullen and silent.

"You were right, John," she was drawling in her soft voice. "It does get unbearable in here on a hot day. Do let's go now. Have you ever noticed that department stores after a time can make you really hate people?" But she smiled when she spoke, so he might see that she really hated no one.

"You don't like people, do you?" he said sharply.

"People? What people? What do you mean?"

"I mean," he went on irritably, "you don't like the kind of people you bump into here, for example."

"Not especially. Who does? What are you talking about?"

"Anybody could see you don't," he said recklessly, full of a savage eagerness to hurt her. "I say you don't like simple, honest people, the kind of people you meet all over the city." He blurted the words out as if he wanted to shake her, but he was longing to say, 'You wouldn't like my family. Why couldn't I take you home to have dinner with them? You'd turn up your nose at them, because they've no preten-

hätte es direkt behaupten können, aber für John, der sich abwandte und eifrig auf Grace einredete, gab es keinen Zweifel, daß ihn sein Vater gesehen hatte. Er merkte es an der nüchternen Ruhe, die in diesen blauen Augen lag. Johns Scham wuchs, bis ihn die Selbstverachtung würgte, er wartete ab und tat nichts.

Der Vater drehte sich um und ging aufrecht, die Schultern zurückgenommen, in seinen schäbigen Kleidern den Gang hinunter, ohne ein einziges Mal umzuschauen. Gleich würde er langsam die Straße hinabgehen, und sicher würde seine nachdenkliche Miene immer noch tiefer und ernster.

Der junge Harcourt stand neben Grace. Er streifte gegen ihre sanfte Schulter und gewahrte von neuem einen Hauch des unaufdringlichen Parfums, das sie benutzte. Wie sie so dicht neben ihm stand, schien sie ihm der Inbegriff alles dessen, wonach er sich sehnte – und doch empfand er auf einmal eine heftige Feindseligkeit, die ihn mürrisch und stumm machte.

«Du hattest recht, John», sagte sie gedehnt mit ihrer sanften Stimme. «Es wird hier wirklich unerträglich an so einem heißen Tag. Gehn wir jetzt! Hast du schon mal bemerkt, daß man in Kaufhäusern nach einiger Zeit einen richtigen Menschenhaß bekommt?» Aber sie lächelte, während sie das sagte, wie um ihm zu zeigen, daß sie in Wirklichkeit niemanden haßte.

«Du magst also die Menschen nicht?» sagte er scharf.

«Die Menschen? Was für Menschen? Was meinst du?»

«Ich meine», fuhr er gereizt fort, «daß du solche Menschen nicht magst, die man hier antrifft, zum Beispiel.»

«Nicht besonders. Wer tut das schon? Aber wovon redest du denn?»

«Man sieht dir direkt an, daß du sie nicht magst», sagte er ausfallend, voll grimmigen Eifers, sie zu verletzen. «Du magst eben keine einfachen, rechtschaffenen Leute, wie man sie quer durch die Stadt findet.» Er stieß die Worte so grob hervor, als wollte er ihr damit Angst machen, doch eigentlich drängte es ihn zu sagen: ‹Meine Familie möchtest du auch nicht leiden. Warum konnte ich dich nie zu uns zum Essen einladen? Weil du die Nase rümpfen würdest, weil sie kleine Leute sind. Sowie

sions. As soon as my father saw you, he knew you wouldn't want to meet him. I could tell by the way he turned.'

His father was on his way home now, he knew, and that evening at dinner they would meet. His mother and sister would talk rapidly, but his father would say nothing to him, or to anyone. There would only be Harcourt's memory of the level look in the blue eyes, and the knowledge of his father's pain as he walked away.

Grace watched John's gloomy face as they walked through the store, and she knew he was nursing some private rage, and so her own resentment and exasperation kept growing, and she said, crisply, "You're entitled to your moods on a hot afternoon, I suppose, but if I feel I don't like it here, then I don't like it. You wanted to go yourself. Who likes to spend very much time in a department store on a hot afternoon? I begin to hate every stupid person that bangs into me, everybody near me. What does that make me?"

"It makes you a snob."

"So I'm a snob now?" she asked angrily.

"Certainly you're a snob," he said. They were at the door going out to the street. As they walked in the sunlight, in the crowd moving slowly down the street, he was groping for words to describe the secret thoughts he had always had about her. "I've always known how you'd feel about people I like who didn't fit into your private world," he said.

"You're a very stupid person," she said. Her face was flushed now, and it was hard for her to express her indignation, so she stared straight ahead as she walked along.

They had never talked in this way, and now they were both quickly eager to hurt each other. With a flow of words, she started to argue with him, then she checked herself and said calmly, "Listen, John, I imagine you're tired of my company. There's no

mein Vater dich sah, wußte er, daß du ihn nicht kennenlernen möchtest. An der Art, wie er sich umdrehte, hab ich es gemerkt.›

Sein Vater war jetzt wohl auf dem Heimweg, beim Abendessen würden sie sich begegnen. Seine Mutter und seine Schwester würden drauflos schwatzen, aber der Vater würde kein Wort sagen, weder zu ihm noch zu sonst jemand. Er, John, würde allein sein mit seiner Erinnerung an den ruhigen Blick aus den blauen Augen, mit dem Wissen um den Schmerz des Vaters beim Weggehen.

Grace beobachtete Johns finsteres Gesicht, während sie durch das Kaufhaus gingen. Sie spürte, daß er einen geheimen Groll nährte, und davon entstand auch bei ihr immer mehr Ärger und Verdruß, bis sie spitz sagte: «An einem so heißen Nachmittag darfst du dir wohl Stimmungen genehmigen. Aber wenn ich sage, daß ich das hier nicht mag, dann mag ich es eben nicht. Du wolltest ja selber gehen. Wer mag schon an einem heißen Nachmittag länger als nötig in einem Kaufhaus sein? Ich hasse allmählich jede dumme Person, die mich anrempelt, die ganzen Leute um mich rum. Was ist mir da vorzuwerfen?»

«Daß du ein Snob bist.»

«Aha, ich bin also ein Snob?» fragte sie erbost.

«Allerdings bist du ein Snob», sagte er. Sie waren jetzt am Ausgang zur Straße. Während sie in der Sonne dahin gingen, inmitten der Menschenmenge, die sich langsam die Straße entlang wälzte, suchte er nach Worten, um zu beschreiben, was er insgeheim immer von ihr gedacht hatte. «Ich habe immer gewußt, wie du die Leute finden würdest, die ich mag und die nicht in deine Welt passen», sagte er.

«Du bist ein dummer Kerl», sagte sie. Ihr Gesicht war rot geworden, und sie tat sich schwer, ihre Verstimmung zu artikulieren; im Weitergehen sah sie starr vor sich hin.

So hatten sie noch nie miteinander gesprochen, und jetzt waren sie beide plötzlich begierig, einander weh zu tun. Mit einem Schwall von Worten begann sie gegen ihn anzureden. Doch dann hielt sie inne und sagte ruhig: «Hör zu, John, ich hab das Gefühl, du möchtest mich los sein. Es ist sinnlos,

sense in having tea together. I think I'd better leave you right here."

"That's fine," he said. "Good afternoon."

"Good-by."

"Good-by."

She started to go, she had gone two paces, but he reached out desperately and held her arm, and he was frightened, and pleading, "Please don't go, Grace."

All the anger and irritation had left him ; there was just a desperate anxiety in his voice as he pleaded, "Please forgive me. I've no right to talk to you like that. I don't know why I'm so rude or what's the matter. I'm ridiculous. I'm very, very ridiculous. Please, you must forgive me. Don't leave me."

He had never talked to her so brokenly, and his sincerity, the depth of his feeling, began to stir her. While she listened, feeling all the yearning in him, they seemed to have been brought closer together, by opposing each other, than ever before, and she began to feel almost shy. "I don't know what's the matter. I suppose we're both irritable. It must be the weather," she said. "But I'm not angry, John."

He nodded his head miserably. He longed to tell her that he was sure she would have been charming to his father, but he had never felt so wretched in his life. He held her arm tight, as if he must hold it, or what he wanted most in the world would slip away from him, yet he kept thinking, as he would ever think, of his father walking away quietly with his head never turning.

miteinander Tee zu trinken. Ich glaube, es ist besser, wir verabschieden uns hier.»

«Also gut», sagte er. «Also tschüs!»

«Wiedersehn.»

«Wiedersehn.»

Sie drehte sich weg und ging zwei Schritte, da streckte er mit einer verzweifelten Gebärde seine Hand aus und hielt sie am Arm fest. Er war verstört und bettelte: «Bitte geh nicht, Grace!»

Aller Zorn und Ärger war verraucht; seine Stimme verriet nur noch verzweifelte Angst, als er flehte: «Bitte verzeih mir! Ich habe kein Recht, so mit dir zu sprechen. Ich weiß nicht, warum ich so grob bin oder was mit mir los ist. Ich bin ein Narr, ein fürchterlicher Narr. Bitte, du mußt mir verzeihen. Verlaß mich nicht!»

So niedergeschmettert hatte sie ihn noch nie erlebt. Diese Aufrichtigkeit, diese Tiefe des Gefühls rührten sie an. Während sie zuhörte und eine Ahnung von seiner Sehnsucht bekam, war es, als hätte der Zwist sie beide näher als je zueinander gebracht, und das Mädchen empfand eine Art Scheu. «Ich weiß nicht, was los ist», sagte sie. «Ich glaube, wir sind beide gereizt. Es muß am Wetter liegen. Aber ich bin dir nicht böse, John.»

Er nickte zerknirscht. Er hätte ihr gern gesagt, daß er genau wisse, wie reizend sie zu seinem Vater gewesen wäre – aber er hatte sich noch nie dermaßen elend gefühlt. Er hielt ihren Arm umklammert, als müßte er ihn festhalten, als würde ihm sonst sein Liebstes auf der Welt entgleiten. Und zugleich dachte er daran – zeitlebens würde er daran denken –, wie sein Vater weggegangen war, still und ohne sich umzusehen.

Jim Gilmore came to Hortons Bay from Canada. He bought the blacksmith shop from old man Horton. Jim was short and dark with big mustaches and big hands. He was a good horseshoer and did not look much like a blacksmith even with his leather apron on. He lived upstairs above the blacksmith shop and took his meals at D. J. Smith's.

Liz Coates worked for Smith's. Mrs. Smith, who was a very large clean woman, said Liz Coates was the neatest girl she'd ever seen. Liz had good legs and always wore clean gingham aprons and Jim noticed that her hair was always neat behind. He liked her face because it was so jolly but he never thought about her.

Liz liked Jim very much. She liked it the way he walked over from the shop and often went to the kitchen door to watch for him to start down the road. She liked it about his mustache. She liked it about how white his teeth were when he smiled. She liked it very much that he didn't look like a blacksmith. She liked it how much D. J. Smith and Mrs. Smith liked Jim. One day she found that she liked it the way the hair was black on his arms and how white they were above the tanned line when he washed up in the washbasin outside the house. Liking that made her feel funny.

Hortons Bay, the town, was only five houses on the main road between Boyne City and Charlevoix. There was the general store and post office with a high false front and maybe a wagon hitched out in front, Smith's house, Stroud's house, Dillworth's house, Horton's house and Van Hoosen's house. The houses were in a big grove of elm trees and the road was very sandy. There was farming country and timber each way up the road. Up the road a ways was the Methodist church and down the road the other direction was the township school. The blacksmith shop was painted red and faced the school.

Jim Gilmore kam aus Kanada nach Hortons Bay. Er kaufte dem alten Horton die Schmiede ab. Jim war stämmig und dunkel, mit großem Schnurrbart und großen Händen. Er war ein guter Hufschmied, aber sah selbst mit seinem Lederschurz eigentlich nicht wie ein Schmied aus. Er wohnte oben über der Schmiede-Werkstatt und nahm seine Mahlzeiten bei D. J. Smith ein.

Liz Coates arbeitete bei Smiths. Mrs. Smith, die eine sehr dicke, saubere Frau war, sagte, daß Liz Coates das ordentlichste Mädchen sei, das sie je gesehen hätte. Liz hatte hübsche Beine und trug immer saubere Kattunschürzen, und es fiel Jim auf, daß ihr Haar immer ordentlich war. Ihm gefiel ihr Gesicht, weil es so vergnügt war, aber er dachte niemals über sie nach.

Liz mochte Jim sehr gern. Sie mochte die Art, wie er von der Schmiede herüberkam, und sie ging häufig zur Küchentür, um darauf zu warten, daß er sich auf den Weg machte. Sie mochte seinen Schnurrbart. Sie mochte es, wie weiß seine Zähne waren, wenn er lächelte. Sie mochte es sehr, daß er nicht wie ein Grobschmied aussah. Sie mochte es, daß D. J. Smith und Mrs. Smith Jim so gut leiden mochten. Eines Tages merkte sie, daß sie mochte, daß das Haar auf seinen Armen so schwarz war und daß die Arme so weiß über dem gebräunten Teil waren, wenn er sich in dem Waschbecken vor dem Haus wusch. Daß sie dies mochte, gab ihr ein komisches Gefühl.

Die Stadt, Hortons Bay, bestand nur aus fünf Häusern auf der Hauptstraße zwischen Boyne City und Charlevoix. Da gab's den Kaufladen und die Post mit einer großartigen Scheinfassade, und vielleicht war davor ein Lastkarren festgebunden, Smiths Haus, Strouds Haus, Dillworths Haus, Hortons Haus und Van Hoosens Haus. Die Häuser lagen in einem großen Ulmengehölz, und die Straße war sehr sandig. Die Straße lief in beiden Richtungen durch Ackerland und Waldungen. Ein Stückchen die Straße hinauf war die Methodistenkirche und die Straße hinunter in der andern Richtung die Gemeindeschule. Die Schmiede war rot gestrichen und lag der Schule gegenüber.

A steep sandy road ran down the hill to the bay through the timber. From Smith's back door you could look out across the woods that ran down to the lake and across the bay. It was very beautiful in the spring and summer, the bay blue and bright and usually whitecaps on the lake out beyond the point from the breeze blowing from Charlevoix and Lake Michigan. From Smith's back door Liz could see ore barges way out in the lake going toward Boyne City. When she looked at them they didn't seem to be moving at all but if she went in and dried some more dishes and then came out again they would be out of sight beyond the point.

All the time now Liz was thinking about Jim Gilmore. He didn't seem to notice her much. He talked about the shop to D. J. Smith and about the Republican Party and about James G. Blaine. In the evenings he read *The Toledo Blade* and the Grand Rapids paper by the lamp in the front room or went out spearing fish in the bay with a jacklight with D. J. Smith. In the fall he and Smith and Charley Wyman took a wagon and tent, grub, axes, their rifles and two dogs and went on a trip to the pine plains beyond Vanderbilt deer hunting. Liz and Mrs. Smith were cooking for four days for them before they started. Liz wanted to make something special for Jim to take but she didn't finally because she was afraid to ask Mrs. Smith for the eggs and flour and afraid if she bought them Mrs. Smith would catch her cooking. It would have been all right with Mrs. Smith but Liz was afraid.

All the time Jim was gone on the deer hunting trip Liz thought about him. It was awful while he was gone. She couldn't sleep well from thinking about him but she discovered it was fun to think about him too. If she let herself go it was better. The night before they were to come back she didn't sleep at all, that is she didn't think she slept because it was all mixed up in a dream about not sleeping and really not sleeping.

Ein steiler sandiger Weg lief durch die Bäume den Hügel hinab zur Bucht. Von Smiths Hintertür konnte man über die Wälder hinwegsehen, die sich bis zum See erstreckten, und über die Bucht. Im Frühling und im Sommer war es sehr schön, die Bucht blau und licht, und meistens Schaumkämme auf dem See draußen jenseits der Landspitze von der Brise, die von Charlevoix und dem Michigansee hinunterblies. Von Smiths Hintertür aus konnte Liz weit draußen auf dem See die Erzkähne sehen, die nach Boyne City fuhren. Wenn sie sie betrachtete, schienen sie sich überhaupt nicht zu bewegen, aber wenn sie hineinging und weiter Geschirr abtrocknete und dann wieder herauskam, waren sie jenseits der Landspitze außer Sicht.

Die ganze Zeit über dachte Liz jetzt an Jim Gilmore. Er schien nicht viel Notiz von ihr zu nehmen. Er sprach mit D. J. Smith über sein Geschäft und über die Republikanische Partei und über James G. Blaine. Abends las er unter der Lampe im Vorderzimmer *Die Toledoklinge* und die Grand Rapids Zeitung oder ging mit D. J. Smith zur Bucht hinunter, um bei Licht Fische zu stechen. Im Herbst nahmen er und Smith und Charley Wyman einen Wagen, ein Zelt, Fressalien, Äxte, ihre Flinten und zwei Hunde und machten eine Tour in die Kiefernebene hinter Vanderbilts Jagdgelände. Liz und Mrs. Smith kochten vier Tage lang für sie, bevor sie aufbrachen. Liz wollte etwas Besonderes für Jim zum Mitnehmen machen, aber sie tat es schließlich nicht, weil sie Angst hatte, Mrs. Smith um Eier und Mehl zu bitten, und außerdem Angst hatte, daß Mrs. Smith sie, wenn sie selber es kaufte, beim Backen ertappen würde. Mrs. Smith hätte gar nichts einzuwenden gehabt, aber Liz hatte Angst.

Die ganze Zeit über, die Jim auf dem Jagdausflug war, dachte Liz an ihn. Es war schrecklich, während er weg war. Sie konnte nicht gut schlafen, weil sie an ihn dachte, aber sie entdeckte, daß es auch Spaß machte, an ihn zu denken. Wenn sie sich dem überließ, war es besser. Die Nacht, ehe sie zurückkommen sollten, schlief sie überhaupt nicht; das heißt, sie dachte, daß sie nicht schlief, weil alles durcheinanderging in einem Traum von Nichtschlafen und wirklichem Nichtschlafen. Als sie den

When she saw the wagon coming down the road she felt weak and sick sort of inside. She couldn't wait till she saw Jim and it seemed as though everything would be all right when he came. The wagon stopped outside under the big elm and Mrs. Smith and Liz went out. All the men had beards and there were three deer in the back of the wagon, their thin legs sticking stiff over the edge of the wagon box. Mrs. Smith kissed D. J. and he hugged her. Jim said "Hello, Liz," and grinned. Liz hadn't known just what would happen when Jim got back but she was sure it would be something. Nothing had happened. The men were just home, that was all. Jim pulled the burlap sacks off the deer and Liz looked at them. One was a big buck. It was stiff and hard to lift out of the wagon.

"Did you shoot it, Jim?" Liz asked.

"Yeah. Ain't it a beauty?" Jim got it onto his back to carry to the smokehouse.

That night Charley Wyman stayed to supper at Smith's. It was too late to get back to Charlevoix. The men washed up and waited in the front room for supper.

"Ain't there something left in that crock, Jimmy?" D. J. Smith asked, and Jim went out to the wagon in the barn and fetched in the jug of whiskey the men had taken hunting with them. It was a four-gallon jug and there was quite a little slopped back and forth in the bottom. Jim took a long pull on his way back to the house. It was hard to lift such a big jug up to drink out of it. Some of the whiskey ran down on his shirt front. The two men smiled when Jim came in with the jug. D. J. Smith sent for glasses and Liz brought them. D. J. poured out three big shots.

"Well, here's looking at you, D. J.," said Charley Wyman.

"That damn big buck, Jimmy," said D. J.

"Here's all the ones we missed, D. J.," said Jim, and downed his liquor.

Wagen die Straße entlangkommen sah, war ihr irgendwie flau und übel zumute. Sie konnte kaum abwarten, bis sie Jim sah, und sie meinte, daß alles gut sein würde, sobald er da wäre. Der Wagen hielt draußen unter der großen Ulme, und Mrs. Smith und Liz gingen hinaus. Die Männer hatten alle Bärte, und hinten im Wagen lagen drei Rehe, deren dünne Beine steif über den Rand des Kutschbocks ragten. Mrs. Smith küßte D. J. Smith, und er umarmte sie. Jim sagte: «Hallo, Liz» und grinste. Liz hatte nicht gewußt, was nun wirklich geschehen würde, wenn Jim zurückkam, aber sie war überzeugt gewesen, daß etwas geschehen würde. Nichts war geschehen. Die Männer waren einfach wieder zu Haus; das war alles. Jim zog die Leinwandsäcke von den Rehen, und Liz sah sie sich an. Eins war ein großer Bock. Er war steif und schwer aus dem Wagen zu heben.

«Hast du den geschossen, Jim?» fragte Liz.

«Tja. 'ne richtige Schönheit, was?» Jim nahm ihn auf den Rücken, um ihn in die Räucherkammer zu tragen.

An diesem Abend blieb Charley Wyman zum Abendbrot bei Smiths. Es war zu spät, um nach Charlevoix zurückzugehen. Die Männer wuschen sich und warteten im Vorderzimmer aufs Abendbrot.

«Ist denn nicht noch was drin in der Kruke, Jim?» frug D. J. Smith. Jim ging hinaus zum Wagen in den Schuppen und holte den Krug mit dem Whisky, den die Männer auf die Jagd mitgenommen hatten. Es war ein Vierzehnliterkrug, und es schwappte noch ziemlich viel auf dem Grund hin und her. Jim tat einen tiefen Zug auf dem Weg zurück zum Haus. Es war schwierig, solch einen großen Krug hochzuheben, um daraus zu trinken. Ein bißchen Whisky tropfte auf sein Hemd. Die beiden Männer lächelten, als Jim mit dem Krug hereinkam. D. J. Smith rief nach Gläsern, und Liz brachte welche. D. J. schenkte drei ganz gehörige ein.

«Na, also dann auf dein Spezielles, D. J.», sagte Charles Wyman.

«Auf den Riesenkerl von einem Bock, Jimmy», sagte D. J.

«Auf alle, die wir verfehlt haben, D. J.», sagte Jim und goß den Saft runter.

"Tastes good to a man."

"Nothing like it this time of year for what ails you."

"How about another, boys?"

"Here's how, D. J."

"Down the creek, boys."

"Here's to next year."

Jim began to feel great. He loved the taste and the feel of whiskey. He was glad to be back to a comfortable bed and warm food and the shop. He had another drink. The men came in to supper feeling hilarious but acting very respectable. Liz sat at the table after she put on the food and ate with the family. It was a good dinner. The men ate seriously. After supper they went into the front room again and Liz cleaned off with Mrs. Smith. Then Mrs. Smith went upstairs and pretty soon Smith came out and went upstairs too. Jim and Charley were still in the front room. Liz was sitting in the kitchen next to the stove pretending to read a book and thinking about Jim. She didn't want to go to bed yet because she knew Jim would be coming out and she wanted to see him as he went out so she could take the way he looked up to bed with her.

She was thinking about him hard and then Jim came out. His eyes were shining and his hair was a little rumpled. Liz looked down at her book. Jim came over back of her chair and stood there and she could feel him breathing and then he put his arms around her. Her breasts felt plump and firm and the nipples were erect under his hands. Liz was terribly frightened, no one had ever touched her, but she thought, "He's come to me finally. He's really come."

She held herself stiff because she was so frightened and did not know anything else to do and then Jim held her tight against the chair and kissed her. It was such a sharp, aching, hurting feeling that she thought she couldn't stand it. She felt Jim right through the

«Das schmeckt 'nem Kerl, was?»

«In dieser Jahreszeit ist es die beste Medizin für alle Wehwehs.»

«Wie ist es mit noch einem, Jungens?»

«Also zum Wohl, D. J.»

«Runter damit, Jungens.»

«Auf nächstes Jahr.»

Jim begann sich fabelhaft zu fühlen. Er liebte den Geschmack und das Gefühl von Whisky. Er war froh, wieder zurück zu sein, bei seinem bequemen Bett und bei seinem warmen Essen und in seiner Werkstatt. Er trank noch einen. Die Männer waren übermütig, als sie zum Abendessen hineingingen, aber sie benahmen sich sehr manierlich. Liz saß mit bei Tisch, nachdem sie das Essen hingestellt hatte, und aß mit der Familie. Das Essen war gut. Die Männer aßen mit Bedacht. Nach dem Abendessen gingen sie wieder ins Vorderzimmer, und Liz räumte mit Mrs. Smith zusammen ab. Dann ging Mrs. Smith hinauf, und ziemlich bald darauf kam Smith heraus und ging auch hinauf. Jim und Charley waren noch im Vorderzimmer. Liz saß in der Küche neben dem Ofen und tat so, als ob sie ein Buch las, und dachte an Jim. Sie wollte noch nicht zu Bett gehen, weil sie wußte, daß Jim herauskommen würde, und sie wollte ihn sehen, wie er hinausging, so daß sie das Bild, wie er ausgesehen hatte, mit sich hinauf ins Bett nehmen konnte.

Sie dachte intensiv an ihn, und dann kam Jim heraus. Seine Augen glänzten, und sein Haar war ein bißchen verstrubbelt. Liz blickte in ihr Buch. Jim kam herüber hinter ihren Stuhl und stand da, und sie konnte seinen Atem spüren, und dann umschlang er sie mit beiden Armen. Ihre Brüste fühlten sich prall und fest an, und die Brustwarzen standen aufrecht unter seinen Händen. Liz bekam einen furchtbaren Schreck, niemand hatte sie je angefaßt, aber sie dachte: Endlich kommt er zu mir. Er ist wirklich gekommen.

Sie hielt sich steif, weil sie solche Angst hatte, und wußte nicht, was sie sonst tun sollte, und dann preßte Jim sie fest gegen den Stuhl und küßte sie. Es war solch ein scharfes, wehes, schmerzendes Gefühl, daß sie dachte, sie könne es nicht

back of the chair and she couldn't stand it and then something clicked inside of her and the feeling was warmer and softer. Jim held her tight hard against the chair and she wanted it now and Jim whispered, "Come on for a walk."

Liz took her coat off the peg on the kitchen wall and they went out the door. Jim had his arm around her and every little way they stopped and pressed against each other and Jim kissed her. There was no moon and they walked ankle-deep in the sandy road through the trees down to the dock and the warehouse on the bay. The water was lapping in the piles and the point was dark across the bay. It was cold but Liz was hot all over from being with Jim. They sat down in the shelter of the warehouse and Jim pulled Liz close to him. She was frightened. One of Jim's hands went inside her dress and stroked over her breast and the other hand was in her lap. She was very frightened and didn't know how he was going to go about things but she snuggled close to him. Then the hand that felt so big in her lap went away and was on her leg and started to move up it.

"Don't, Jim," Liz said. Jim slid the hand further up.

"You mustn't, Jim. You mustn't." Neither Jim nor Jim's big hand paid any attention to her.

The boards were hard. Jim had her dress up and was trying to do something to her. She was frightened but she wanted it. She had to have it but it frightened her.

"You mustn't do it, Jim. You mustn't."

"I got to. I'm going to. You know we got to."

"No we haven't, Jim. We ain't got to. Oh, it isn't right. Oh, it's so big and it hurts so. You can't. Oh, Jim. Jim. Oh."

The hemlock planks of the dock were hard and splintery and cold and Jim was heavy on her and he had hurt her. Liz pushed him, she was so uncomforta-

ertragen. Sie fühlte Jim direkt durch die Stuhllehne hindurch, und sie konnte es kaum ertragen, und dann schnappte etwas in ihr, und das Gefühl war wärmer und linder. Jim hielt sie fest gegen den Stuhl gepreßt, und jetzt wollte sie es, und Jim flüsterte: «Komm spazieren.»

Liz nahm ihren Mantel vom Haken an der Küchenwand, und sie gingen zur Tür hinaus. Jim hatte den Arm um sie, und alle paar Schritte blieben sie stehen und preßten sich gegeneinander, und Jim küßte sie. Es war kein Mond, und sie gingen knöcheltief auf dem sandigen Weg zwischen den Bäumen hinunter zum Anlegeplatz und dem Lagerschuppen in der Bucht. Das Wasser klatschte gegen die Pfähle, und die Landspitze war dunkel jenseits der Bucht. Es war kalt, aber Liz war heiß am ganzen Körper, weil sie bei Jim war. Sie setzten sich in den Schutz des Schuppens, und Jim zog Liz dicht an sich. Sie hatte Angst. Eine von Jims Händen schlüpfte in ihr Kleid und streichelte über ihre Brust, und die andere Hand war in ihrem Schoß. Sie hatte sehr Angst und wußte nicht, was er weiter tun würde, aber sie kuschelte sich eng an ihn. Dann war die Hand, die sich in ihrem Schoß so groß angefühlt hatte, mit einem Mal auf ihrem Bein und fing an, sich hinauf zu bewegen.

«Nicht, Jim», sagte Liz. Jim ließ seine Hand weiter hinaufgleiten.

«Du darfst nicht, Jim. Du darfst nicht.» Weder Jim noch Jims große Hand achteten darauf.

Die Planken waren hart. Jim hatte ihr Kleid hochgezogen und versuchte, etwas mit ihr zu tun. Sie hatte Angst, aber sie wollte es. Sie mußte es geschehen lassen, aber sie hatte Angst davor.

«Du darfst es nicht tun, Jim. Du darfst nicht.»

«Ich muß. Ich will. Du weißt, daß wir müssen.»

«Nein, wir müssen nicht, Jim. Wir müssen nicht. Ach, es ist nicht recht. Oh, es ist so groß und tut so weh. Du darfst nicht, oh, Jim, oh.»

Die Fichtenplanken des Anlegeplatzes waren hart, splitterig und kalt, und Jim lag schwer auf ihr, und er hatte ihr weh getan. Liz schubste ihn; sie lag so unbequem und verkrampft. Jim

ble and cramped. Jim was asleep. He wouldn't move. She worked out from under him and sat up and straightened her skirt and coat and tried to do something with her hair. Jim was sleeping with his mouth a little open. Liz leaned over and kissed him on the cheek. He was still asleep. She lifted his head a little and shook it. He rolled his head over and swallowed. Liz started to cry. She walked over to the edge of the dock and looked down to the water. There was a mist coming up from the bay. She was cold and miserable and everything felt gone. She walked back to where Jim was lying and shook him once more to make sure. She was crying.

"Jim," she said, "Jim. Please, Jim."

Jim stirred and curled a little tighter. Liz took off her coat and leaned over and covered him with it. She tucked it around him neatly and carefully. Then she walked across the dock and up the steep sandy road to go to bed. A cold mist was coming up through the woods from the bay.

schlief. Er rührte sich nicht. Sie arbeitete sich unter ihm hervor und setzte sich auf und zog ihren Rock und ihren Mantel zurecht und versuchte ihr Haar in Ordnung zu bringen. Jim schlief und hatte den Mund ein wenig geöffnet. Liz neigte sich hinüber und küßte ihn auf die Backe. Er schlief immer noch. Sie hob seinen Kopf ein wenig und schüttelte ihn. Er drehte den Kopf zur Seite und schluckte. Liz begann zu weinen. Sie ging bis ans Ende des Anlegeplatzes vor und sah ins Wasser hinab. Von der Bucht stieg Nebel auf. Sie fror und war unglücklich, und alles war weg. Sie ging zurück zu der Stelle, wo Jim lag, und schüttelte ihn noch einmal, um sich zu vergewissern. Sie weinte.

«Jim», sagte sie. «Jim. Bitte, Jim.»

Jim rührte sich und kringelte sich noch ein wenig fester zusammen. Liz zog ihren Mantel aus und beugte sich hinab und deckte ihn damit zu. Sie steckte ihn sorgfältig und ordentlich um ihn herum fest. Dann ging sie über den Anlegeplatz und den steilen sandigen Weg hinan, um zu Bett zu gehen. Ein kalter Nebel kam von der Bucht her durch die Wälder herauf.

It was a wild chance but Donald was in the mood, healthy and bored, with a sense of tiresome duty done. He was now rewarding himself. Maybe.

When the plane landed he stepped out into a midwestern summer night and headed for the isolated pueblo airport, conventionalized as an old red "railway depot." He did not know whether she was alive, or living in this town, or what was her present name. With mounting excitement he looked through the phone book for her father who might be dead too, somewhere in these twenty years.

No. Judge Harmon Holmes – Hillside 3194.

A woman's amused voice answered his inquiry for Miss Nancy Holmes.

"Nancy is Mrs. Walter Gifford now. Who is this?"

But Donald hung up without answering. He had found out what he wanted to know and had only three hours. He did not remember any Walter Gifford and there was another suspended moment while he scanned the phone book. She might have married out of town.

No. Walter Gifford – Hillside 1191. Blood flowed back into his fingertips.

"Hello?"

"Hello. Is Mrs. Gifford there – this is an old friend of hers."

"This is Mrs. Gifford."

He remembered, or thought he remembered, the funny magic in the voice.

"This is Donald Plant. I haven't seen you since I was twelve years old."

"Oh-h-h!" The note was utterly surprised, very polite, but he could distinguish in it neither joy nor certain recognition.

"– *Don*ald!" added the voice. This time there was something more in it than struggling memory.

Es war auf gut Glück, aber Donald war dazu aufgelegt. Wohlig, leicht gelangweilt und im Bewußtsein, eine lästige Pflicht hinter sich zu haben. Jetzt würde er sich belohnen. Vielleicht!

Als die Maschine gelandet war, trat er in die Sommernacht des Mittleren Westens hinaus und begab sich zu dem einsamen Provinzflughafen, dessen Empfangsgebäude einem alten Backstein-Bahnhof nachempfunden war. Er wußte nicht, ob sie noch am Leben war, ob sie in dieser Stadt wohnte, wie sie jetzt wohl heißen mochte. Mit wachsender Erregung suchte er im Telephonbuch nach dem Namen ihres Vaters, der im Lauf dieser zwanzig Jahre auch schon gestorben sein konnte.

Nein! Hier: Richter Harmon Holmes – Hillside 3194.

Eine amüsierte Frauenstimme antwortete, als er sich nach Miß Nancy Holmes erkundigte:

«Nancy heißt jetzt Mrs. Walter Gifford. Wer ist am Apparat?»

Donald legte auf, ohne zu antworten. Er hatte erfahren, was er wissen wollte, und er hatte nur drei Stunden Zeit. Er konnte sich an keinen Walter Gifford erinnern und erlebte eine weitere aufregende Minute beim Durchblättern des Telephonbuches – vielleicht hatte sie nach auswärts geheiratet.

Nein, doch nicht! Walter Gifford – Hillside 1191. Das Blut strömte in seine Fingerspitzen zurück.

«Hallo?»

«Hallo, ist dort Mrs. Gifford? Ich bin ein alter Freund von ihr.»

«Mrs. Gifford am Apparat.»

Er erinnerte sich – oder glaubte es wenigstens – an den eigentümlichen Zauber in der Stimme.

«Hier Donald Plant. Ich habe dich nicht mehr gesehen, seit ich zwölf Jahre alt war.»

«Oh-h-h!» Die Stimme klang äußerst überrascht, sehr höflich, aber es war aus ihr weder Freude noch deutliches Erkennen herauszuhören.

«...Donald!» fuhr die Stimme fort, der diesmal schon etwas mehr als bloße Gedächtnis-Anstrengung anzumerken war.

". . . when did you come back to town?"

Then cordially, "Where *are* you?"

"I'm out at the airport – for just a few hours."

"Well, come up and see me."

"Sure you're not just going to bed."

"Heavens, no!" she exclaimed. "I was sitting here – having a highball by myself. Just tell your taxi man . . ."

On his way Donald analyzed the conversation. His words "at the airport" established that he had retained his position in the upper bourgeoisie. Nancy's aloneness might indicate that she had matured into an unattractive woman without friends. Her husband might be either away or in bed. And – because she was always ten years old in his dreams – the highball shocked him. But he adjusted himself with a smile – she was very close to thirty.

At the end of a curved drive he saw a darkhaired little beauty standing against the lighted door, a glass in her hand. Startled by her final materialization, Donald got out of the cab, saying:

"Mrs. Gifford?"

She turned on the porch light and stared at him, wide-eyed and tentative. A smile broke through the puzzled expression.

"Donald – it *is* you – we all change so. Oh, this is re*mark*able!"

As they walked inside, their voices jingled the words "all these years," and Donald felt a sinking in his stomach. This derived in part from a vision of their last meeting – when she rode past him on a bicycle, cutting him dead – and in part from fear lest they have nothing to say. It was like a college reunion – but there the failure to find the past was disguised by the hurried boisterous occasion. Aghast, he realized that this might be a long and empty hour. He plunged in desperately.

«... wann bist du hier angekommen?»

Und dann, herzlich: «Wo bist du denn gerade?»

«Ich bin auf dem Flugplatz... Nur für ein paar Stunden.»

«Dann komm mich doch besuchen!»

«Und du wolltest bestimmt nicht gerade schlafen gehn?»

«Meine Güte, nein!» rief sie aus. «Ich sitze mutterseelen-allein hier und trinke einen Whisky mit Soda. Sag dem Taxifahrer ganz einfach...»

Auf dem Weg analysierte Donald das Gespräch. Mit der Wendung «auf dem Flugplatz» hatte er zu erkennen gegeben, daß er sich eine Stellung in der gehobenen Gesellschaft gesichert hatte. Nancys Alleinsein mochte darauf hindeuten, daß sie zu einer wenig anziehenden Frau herangereift war, die keine Freunde besaß. Ihr Mann war vielleicht abwesend oder schon zu Bett gegangen. Und da sie in seinen Träumen ja immer noch zehn Jahre alt war, nahm er an dem Whisky Anstoß. Aber dann besann er sich mit einem Lächeln: Schließlich war sie jetzt nahe dreißig.

Am Ende einer kurvenreichen Auffahrt sah er vor einer erleuchteten Tür eine dunkelhaarige Schönheit stehen, die ein Glas in der Hand hielt. Von ihrem leibhaftigen Anblick überrascht, stieg Donald aus dem Taxi und sagte:

«Mrs. Gifford?»

Sie knipste das Türlicht an und starrte ihn aus großen, fragenden Augen an. Dann glitt ein Lächeln über ihr verdutztes Gesicht.

«Donald... Ja, du bist's! Wie wir uns doch alle verändern! Großartig, daß du gekommen bist!»

Beim Hineingehen sagten sie fast gleichzeitig «Nach so vielen Jahren» – und Donald hatte ein flaues Gefühl im Magen. Das kam teils von der Erinnerung an ihre letzte Begegnung, als sie, ohne ihn eines Blickes zu würdigen, an ihm vorbeigeradelt war, und teils von der Befürchtung, daß sie sich nichts zu sagen hätten. Es war wie bei einem College-Treffen – nur daß dort der Trubel des Anlasses über die erfolglose Suche nach der Vergangenheit hinwegtäuscht. Er erschrak bei dem Gedanken, daß ihm vielleicht eine lange, öde Stunde bevorstand. Er stürzte sich mit dem Mut der Verzweiflung hinein.

"You always were a lovely person. But I'm a little shocked to find you as beautiful as you are."

It worked. The immediate recognition of their changed state, the bold compliment, made them interesting strangers instead of fumbling childhood friends.

"Have a highball?" she asked. "No? Please don't think I've become a secret drinker, but this was a blue night. I expected my husband but he wired he'd be two days longer. He's very nice, Donald, and very attractive. Rather your type and coloring." She hesitated, "– and I think he's interested in someone in New York – and I don't know."

"After seeing you it sounds impossible," he assured her. "I was married for six years, and there was a time I tortured myself that way. Then one day I just put jealousy out of my life forever. After my wife died I was very glad of that. It left a very rich memory – nothing marred or spoiled or hard to think over."

She looked at him attentively, then sympathetically as he spoke.

"I'm very sorry," she said. And after a proper moment, "You've changed a lot. Turn your head. I remember father saying, 'That boy has a brain.'"

"You probably argued against it."

"I was impressed. Up to then I thought everybody had a brain. That's why it sticks in my mind."

"What else sticks in your mind?" he asked smiling.

Suddenly Nancy got up and walked quickly a little away.

"Ah, now," she reproached him. "That isn't fair! I suppose I was a naughty girl."

"You were not," he said stoutly. "And I *will* have a drink now."

As she poured it, her face still turned from him, he continued:

«Du bist schon immer ein reizendes Mädchen gewesen. Aber ich bin fast ein wenig erschrocken, daß du so schön geworden bist.»

Das wirkte. Die sofortige Respektierung der veränderten Umstände, das kühne Kompliment, all das machte aus befangenen Jugendfreunden interessante Fremde.

«Möchtest du einen Whisky mit Soda?» fragte sie. «Nein? Bitte glaub nicht, daß ich mich heimlich dem Trunk ergeben habe, aber heute abend war mir trübselig zumute. Ich erwartete meinen Mann, aber er hat telegraphiert, er komme zwei Tage später. Er ist sehr nett, Donald, und sehr anziehend. Ganz dein Typ, auch in den Farben.» Sie zögerte. «Aber ich glaube, er ist an jemand in New York interessiert . . . Und ich weiß nicht . . .»

«So wie du aussiehst, klingt das unmöglich», versicherte er ihr. «Ich war sechs Jahre lang verheiratet und habe mich eine Zeitlang auch mit solchen Gedanken gequält. Bis ich dann eines Tages die Eifersucht für immer aus meinem Leben verbannte. Nach dem Tod meiner Frau war ich sehr froh darüber. Mir ist eine kostbare Erinnerung geblieben, ohne Flecken oder Schatten.»

Während er sprach, betrachtete sie ihn mit erst aufmerksamen, dann teilnahmsvollen Augen.

«Das tut mir leid», sagte sie und nach einer Anstandspause: «Du hast dich sehr verändert. Dreh mal den Kopf! Ich weiß noch, wie mein Vater sagte: ‹Dieser Junge hat Köpfchen.›»

«Da hast du ihm wahrscheinlich widersprochen.»

«Nein, ich war beeindruckt. Ich hatte gemeint, alle Leute hätten ‹Köpfchen›. Darum habe ich es mir gemerkt.»

«Was ist dir denn sonst noch im Gedächtnis haften geblieben?» fragte er lächelnd.

Nancy stand plötzlich auf und entfernte sich rasch ein paar Schritte.

«Nanu!» sagte sie vorwurfsvoll. «Das ist nicht fair! War ich denn so ein schlimmes Mädchen?»

«Nein, das warst du nicht», sagte er entschieden. «Und jetzt möchte ich doch ganz gern etwas trinken.»

Während sie mit noch immer abgewandtem Gesicht einschenkte, fuhr er fort:

"Do you think you were the only little girl who was ever kissed?"

"Do you like the subject?" she demanded. Her momentary irritation melted and she said: "What the hell! We *did* have fun. Like in the song."

"On the sleigh ride."

"Yes – and somebody's picnic – Trudy James'. And at Frontenac that – those summers."

It was the sleigh ride he remembered most and kissing her cool cheeks in the straw in one corner while she laughed up at the cold white stars. The couple next to them had their backs turned and he kissed her little neck and her ears and never her lips.

"And the Macks' party where they played post office and I couldn't go because I had the mumps," he said.

"I don't remember that."

"Oh, you were there. And you were kissed and I was crazy with jealousy like I never have been since."

"Funny I don't remember. Maybe I wanted to forget."

"But why?" he asked in amusement. "We were two perfectly innocent kids. Nancy, whenever I talked to my wife about the past, I told her you were the girl I loved *al*most as much as I loved her. But I think I really loved you just as much. When we moved out of town I carried you like a cannon ball in my insides."

"Were you *that* much – stirred up?"

"My God, yes! I –" He suddenly realized that they were standing just two feet from each other, that he was talking as if he loved her in the present, that she was looking up at him with her lips half-parted and a clouded look in her eyes.

"Go on," she said, "I'm ashamed to say – I like it. I didn't know you were so upset *then*. I thought it was *me* who was upset."

«Glaubst du vielleicht, du bist das einzige kleine Mädchen gewesen, das je geküßt worden ist?»

«Das Thema gefällt dir wohl?» fragte sie. Ihr momentaner Ärger verging, und sie setzte hinzu: «Ach was! Spaß haben wir jedenfalls gehabt, wie es im ‹Jingle Bells›-Lied heißt.»

«Aha, du denkst an unsere Schlittenfahrt.»

«Ja – und an so ein Picknick, ach ja, von Trudy James. Und an den Sommer in Frontenac – das heißt: mehrere Sommer.»

An die Schlittenfahrt konnte er sich noch am besten erinnern, wie er sie im Stroh in einer Ecke auf die kalten Wangen geküßt hatte, während sie zu den frostig weißen Sternen emporlachte. Das Paar neben ihnen hatte ihnen den Rücken zugewandt, und er küßte den kleinen Hals und die Ohren, aber nicht ihren Mund.

«Und das Fest bei Macksens, wo ‹Postamt› gespielt wurde und ich nicht mitdurfte, weil ich Mumps hatte», sagte er.

«Das weiß ich nicht mehr.»

«Oh, aber du warst dabei. Irgend jemand küßte dich, und ich war wahnsinnig eifersüchtig, wie ich es seitdem nie mehr gewesen bin.»

«Komisch, daß ich mich nicht daran erinnere. Vielleicht wollte ich es vergessen.»

«Wieso denn?» fragte er belustigt. «Wir waren doch zwei völlig unschuldige Knirpse. Nancy, jedesmal wenn ich meiner Frau von meiner Vergangenheit erzählte, bezeichnete ich dich als das Mädchen, das ich fast ebenso wie sie geliebt hätte. Aber wenn ich es mir überlege, habe ich dich in Wirklichkeit genauso geliebt. Als wir aus der Stadt weggezogen sind, hat mich die Sehnsucht nach dir ziemlich herumgetrieben.»

«Hattest du tatsächlich so sehr . . . Feuer gefangen?»

«Und ob! Ich . . .» Es wurde ihm plötzlich bewußt, daß sie nur einen Schritt von einander entfernt standen, daß er sprach, als liebte er sie jetzt und hier, und daß sie mit halbgeöffneten Lippen und verschleierten Augen zu ihm aufsah.

«Sprich weiter!» sagte sie. «Ich muß zu meiner Schande gestehen . . . Ich höre es gern. Ich habe gar nicht gewußt, daß es dich damals so gepackt hat. Ich habe immer geglaubt, nur ich sei so verknallt gewesen.»

"You!" he exclaimed. "Don't you remember throwing me over at the drugstore." He laughed. "You stuck out your tongue at me."

"I don't remember at all. It seemed to me *you* did the throwing over." Her hand fell lightly, almost consolingly on his arm. "I've got a photograph book upstairs I haven't looked at for years. I'll dig it out."

Donald sat for five minutes with two thoughts – first the hopeless impossibility of reconciling what different people remembered about the same event – and secondly that in a frightening way Nancy moved him as a woman as she had moved him as a child. Half an hour had developed an emotion that he had not known since the death of his wife – that he had never hoped to know again.

Side by side on a couch they opened the book between them. Nancy looked at him, smiling and very happy.

"Oh, this is *such* fun," she said. "Such fun that you're so nice, that you remember me so – beautifully. Let me tell you – I wish I'd known it then! After you'd gone I hated you."

"What a pity," he said gently.

"But not now," she reassured him, and then impulsively, "Kiss and make up –

"...that isn't being a good wife," she said after a minute. "I really don't think I've kissed two men since I was married."

He was excited – but most of all confused. Had he kissed Nancy? or a memory? or this lovely trembly stranger who looked away from him quickly and turned a page of the book?

"Wait!" he said. "I don't think I could *see* a picture for a few seconds."

"We won't do it again. I don't feel so very calm myself."

Donald said one of those trival things that cover so much ground.

«Du?» platzte er heraus. «Weißt du nicht mehr, wie du mir im Drugstore einen Korb gegeben hast?» Er lachte. «Du hast mir die Zunge herausgestreckt.»

«Das ist mir völlig neu. Ich hatte den Eindruck, als hättest du Schluß gemacht.» Ihre Hand legte sich leicht, fast tröstend auf seinen Arm. «Ich habe oben ein Photoalbum, das ich jahrelang nicht mehr angeschaut habe. Ich werde es mal hervorsuchen.»

Donald saß fünf Minuten allein und dachte über zwei Dinge nach: erstens über die Aussichtslosigkeit des Versuchs, die Erinnerungen verschiedener Menschen an ein und dasselbe Ereignis in Einklang zu bringen, und zweitens über die geradezu erschreckende Wirkung, die Nancy heute als Frau wie damals als Kind auf ihn ausübte. Die letzte halbe Stunde hatte ein Gefühl geweckt, das er seit dem Tod seiner Frau nicht mehr gekannt und nie wieder zu kennen gehofft hatte.

Seite an Seite auf dem Sofa sitzend schlugen sie das Album zwischen sich auf. Nancy sah ihn glückstrahlend an.

«Oh, wie mich das freut!» sagte sie. «Es freut mich, daß du so nett bist, daß du dich so ... reizend an mich erinnerst. Laß dir sagen ... Ich wollte, ich hätte es schon damals gewußt! Als du fort warst, habe ich dich richtig gehaßt.»

«Wie schade!» antwortete er leise.

«Jetzt nicht mehr», beruhigte sie ihn; dann brach es aus ihr heraus: «Küß mich und Schwamm drüber!»

«... Das sollte eine gute Ehefrau eigentlich nicht tun», sagte sie eine Minute später. «Ich glaube, ich habe keine zwei Männer geküßt, seit ich verheiratet bin.»

Er war erregt – aber vor allem verwirrt. Hatte er Nancy geküßt? Oder eine Erinnerung? Oder dieses reizende fremde bebende Geschöpf, das schnell die Augen von ihm wandte und eine Seite umblätterte?

«Halt!» rief er. «Ich kann ein Bild doch nicht in ein paar Sekunden anschauen!»

«Wir wollen es nie wieder tun. Ich bin direkt etwas aufgeregt.»

Donald antwortete mit einer jener abgeschmackten Redensarten, die alles oder nichts sagen können:

"Wouldn't it be awful if we fell in love again?"

"Stop it!" She laughed, but very breathlessly.

"It's all over. It was a moment. A moment I'll have to forget."

"Don't tell your husband."

"Why not? Usually I tell him everything."

"It'll hurt him. Don't ever tell a man such things."

"All right I won't."

"Kiss me once more," he said inconsistently, but Nancy had turned a page and was pointing eagerly at a picture.

"Here's you," she cried. "Right away!"

He looked. It was a little boy in shorts standing on a pier with a sailboat in the background.

"I remember –" she laughed triumphantly, "– the very day it was taken. Kitty took it and I stole it from her."

For a moment Donald failed to recognize himself in the photo – then, bending closer – he failed utterly to recognize himself.

"That's not me," he said.

"Oh yes. It was at Frontenac – the summer we – we used go to the cave."

"What cave? I was only three days in Frontenac." Again he strained his eyes at the slightly yellowed picture. "And that isn't me. That's Donald *Bowers*. We did look rather alike."

Now she was staring at him – leaning back, seeming to lift away from him.

"But you're Donald Bowers!" she exclaimed; her voice rose a little. "No, you're not. You're Donald *Plant*."

"I told you on the phone."

She was on her feet – her face faintly horrified.

"Plant! Bowers! I must be crazy. Or it was that drink? I was mixed up a little when I first saw you. Look here! What have I told you?"

«Wäre es nicht fürchterlich, wenn wir uns ein zweites Mal verlieben würden?»

«Hör auf damit!» Sie lachte, aber ihr Atem ging schnell. «Es ist vorbei. Es war nur ein Augenblick. Ein Augenblick, den ich vergessen muß.»

«Sag's deinem Mann lieber nicht!»

«Warum nicht? Ich sage ihm sonst alles.»

«Es würde ihn verletzen. Einem Mann darfst du so etwas nie erzählen.»

«Na schön, dann eben nicht!»

«Küß mich nochmal», sagte er unvermittelt, aber Nancy hatte umgeblättert und deutete voll Eifer auf ein Bild.

«Da bist du!» rief sie. «Wie du leibst und lebst!»

Er schaute hin. Ein kleiner Junge, der in kurzen Hosen auf einer Hafenmauer stand, im Hintergrund ein Segelboot.

«Ich erinnere mich», lachte sie übermütig, «genau an den Tag, an dem das Bild aufgenommen wurde. Kitty hat es geknipst und ich hab's ihr stibitzt.»

Einen Augenblick versuchte Donald, sich auf der Photographie zu erkennen – vergeblich. Als er noch näher hinsah, wußte er, daß es keinen Zweck hatte.

«Das bin ich nicht», sagte er.

«Oh doch. Das war in Frontenac ... Damals im Sommer, als wir ... immer zur Höhle gingen.»

«Was für eine Höhle? In Frontenac war ich überhaupt nur drei Tage.» Wieder betrachtete er angestrengt das leicht vergilbte Bild. «Nein, das bin ich nicht! Das ist Donald Bowers. Wir sahen uns allerdings ziemlich ähnlich.»

Mit einem Mal starrte sie ihn an und lehnte sich dann zurück, wie um sich von ihm abzusetzen.

«Aber du bist doch Donald Bowers!» rief sie. Und dann, mit lauterer Stimme: «Nein, doch nicht! Du bist Donald *Plant.*»

«Das habe ich dir doch schon am Telephon gesagt.»

Sie sprang auf, das Gesicht leicht verzerrt.

«Plant! Bowers! Ich muß verrückt sein. Oder habe ich zuviel getrunken? Schon als ich dich sah, war ich ein bißchen durcheinander. Sag, was hab' ich dir alles erzählt?»

He tried for a monkish calm as he turned a page of the book.

"Nothing at all," he said. Pictures that did not include him formed and re-formed before his eyes – Frontenac – a cave – Donald Bowers – "You threw *me* over!"

Nancy spoke from the other side of the room.

"You'll never tell this story," she said. "Stories have a way of getting around."

"There isn't any story," he hesitated. But he thought: So she *was* a bad little girl.

And now suddenly he was filled with wild raging jealousy of little Donald Bowers – he who had banished jealousy from his life forever. In the five steps he took across the room he crushed out twenty years and the existence of Walter Gifford with his stride.

"Kiss me again, Nancy," he said, sinking to one knee beside her chair, putting his hand upon her shoulder. But Nancy strained away.

"You said you had to catch a plane."

"It's nothing. I can miss it. It's of no importance."

"Please go," she said in a cool voice. "And please try to imagine how I feel."

"But you act as if you don't remember me," he cried, "– as if you don't remember Donald *Plant!*"

"I do. I remember you too . . . But it was all so long ago." Her voice grew hard again. "The taxi number is Crestwood 8484."

On his way to the airport Donald shook his head from side to side. He was completely himself now but he could not digest the experience. Only as the plane roared up into the dark sky and its passengers became a different entity from the corporate world below did he draw a parallel from the fact of its flight. For five blinding minutes he had lived like a madman in two worlds at once. He had been a boy

Er blätterte eine Seite um und bemühte sich, mit der Ruhe eines Mönches zu antworten.

«Gar nichts», sagte er. Vor sein geistiges Auge traten in rascher Folge Bilder, auf denen allen er nicht zu sehen war: Frontenac... Eine Höhle... Donald Bowers... «Es war eben doch so, daß *du* Schluß gemacht hast!»

Nancy sprach von der anderen Seite des Zimmers.

«Du wirst doch diese Geschichte nicht weitererzählen. So etwas kommt schnell herum.»

«Es gibt doch gar keine Geschichte», sagte er stockend, aber er dachte: Also ist sie doch ein schlimmes kleines Mädchen gewesen!

Und plötzlich erfüllte ihn eine wilde, rasende Eifersucht auf den kleinen Donald Bowers, ihn, der die Eifersucht für immer aus seinem Leben verbannt hatte. Mit fünf großen Schritten durchmaß er das Zimmer, um damit zwanzig Jahre und die Existenz eines Walter Gifford auszutreten.

«Küß mich nochmal, Nancy», bat er, während er sich neben ihrem Stuhl auf ein Knie niederließ und seine Hand auf ihre Schulter legte. Doch Nancy strebte von ihm weg.

«Du mußtest doch ein Flugzeug erreichen?»

«Macht nichts. Ich kann es versäumen. Spielt keine Rolle.»

«Bitte geh», sagte sie kühl. «Versuche dich doch in meine Lage zu versetzen!»

«Aber du tust ja so, als könntest du dich an mich überhaupt nicht mehr erinnern», rief er, «...als hättest du Donald *Plant* vergessen!»

«Doch. Ich erinnere mich auch an dich... Aber das liegt alles schon so weit zurück.» Ihre Stimme wurde spröde. «Die Taxinummer ist Crestwood 8484.»

Auf der Fahrt zum Flugplatz schüttelte Donald langsam den Kopf hin und her. Er hatte völlig zu sich zurückgefunden, aber er wurde mit dem Erlebnis nicht fertig. Erst als sich die Maschine brüllend in den dunklen Himmel hob und die Passagiere in einen Zustand versetzte, der mit der Welt ihrer Mitmenschen nichts mehr zu tun haben schien, kam ihm das Fliegen wie ein Gleichnis vor: Fünf wirre Minuten lang hatte er wie ein Irrer in zwei Welten zugleich gelebt. Er war ein Junge

of twelve and a man of thirty-two, indissolubly and helplessly commingled.

Donald had lost a good deal, too, in those hours between the planes – but since the second half of life is a long process of getting rid of things, that part of the experience probably didn't matter.

von zwölf und ein Mann von zweiunddreißig gewesen, unauflöslich und hilflos verschmolzen.

Donald hatte in diesen Stunden zwischen zwei Flugzeugen auch viel verloren. Aber da nun einmal die zweite Hälfte des Lebens ein langer Prozeß des Preisgebens ist, hatte dieser Teil des Erlebnisses wohl nur wenig zu bedeuten.

Beddoes got in from Egypt in the middle of the morning. He went to his hotel and shook hands with the concierge and told him that the trip had been fine but that Egyptians were impossible. From the concierge he found out that the city was crowded, as usual, and that the price of the room had gone up once more, as usual.

"The tourist season now lasts twelve months a year," the concierge said, giving Beddoes his key. "Nobody stays home any more. It is exhausting."

Beddoes went upstairs and told the porter to put his typewriter in the closet, because he didn't want to see it for a while. He opened the window and looked out with pleasure at the Seine flowing past. Then he took a bath and put on fresh clothes and gave Christina's number over the telephone to the woman at the switchboard. The woman at the switchboard had an insulting habit of repeating numbers in English, and Beddoes noticed, with a smile, that that had not changed. There was the familiar hysteria on the wires as the woman on the switchboard got Christina's number. The telephone in Christina's hotel was down the hall from her room, and Beddoes had to spell the name slowly – Mlle. "T" for Théodore, "A" for André, "T" for Théodore, "E" for Edouard – before the man on the other end understood and went away to tell Christina an American gentleman demanded her on the telephone.

Beddoes heard Christina's footsteps coming down the hall toward the telephone and he thought he could tell from the sound that she was wearing high heels.

"Hello," Christina said. There was a sudden crackle on the wire as Christina spoke, but even so Beddoes could recognize the breathless, excited tone of her voice. Christina answered the phone as though she expected each call to be an invitation to a party.

Beddoes traf mitten am Vormittag aus Ägypten ein. Er ging in sein Hotel, schüttelte dem Portier die Hand und erzählte ihm, er habe eine gute Reise gehabt, aber die Ägypter seien unmöglich. Vom Portier erfuhr er, daß die Stadt überfüllt war, wie üblich, und daß sein Zimmer abermals teurer geworden war, wie üblich.

«Die Fremdensaison dauert jetzt zwölf Monate im Jahr», sagte der Portier, während er Beddoes seinen Schlüssel überreichte. «Niemand bleibt mehr zu Hause. Es ist zum Verrücktwerden.»

Beddoes ging nach oben und wies den Träger an, seine Schreibmaschine in den Wandschrank zu stellen, weil er sie eine Weile nicht mehr sehen wollte. Er öffnete das Fenster und betrachtete mit Wohlgefallen das Bild der vorbeifließenden Seine. Dann nahm er ein Bad, zog frische Sachen an und gab der Vermittlung telephonisch Christinas Nummer durch.

Die Dame an der Vermittlung hatte die beleidigende Gewohnheit, die Zahlen zur Sicherheit auf englisch zu wiederholen, und Beddoes nahm lächelnd zur Kenntnis, daß sich daran nichts geändert hatte. Er hörte in der Leitung das vertraute Stimmengewirr, während die Dame Christinas Nummer wählte. Das Telephon in Cristinas Hotel reichte nur bis zur Empfangshalle, und Beddoes mußte den Namen langsam buchstabieren – Mademoiselle T wie Thédore, A wie André, T wie Théodore, E wie Edouard – bis der Mann am anderen Ende verstand und zu Christina ging und ihr bestellte, sie werde von einem Amerikaner am Telephon verlangt.

Beddoes hörte, wie sich Christinas Schritte durch den Empfangsraum hindurch dem Telephon näherten, und er schloß aus dem Klang, daß sie hohe Absätze trug.

«Hallo», sagte Christina. In der Leitung knackte es gerade, als sie zu sprechen anfing, aber auch so konnte Beddoes den atemlosen, erregten Tonfall ihrer Stimme erkennen. Christina meldete sich am Telephon, als erwartete sie bei jedem Anruf eine Einladung zu einer Party.

"Hi, Chris," Beddoes said.

"Who's this?"

"The voice of Egypt," said Beddoes.

"Walter!" Christina said happily. "When did you get in?"

"This minute," Beddoes said, lying by an hour to please her." Are you wearing high heels?"

"What?"

"You're wearing high heels, aren't you?"

"Wait a minute while I look," Christina said. Then, after a pause, "Did you turn psychic in Cairo?"

Beddoes chuckled. "Semi-Oriental fakery," he said. "I brought back a supply. Where're we going for lunch?"

"Walter!" Christina said. "I'm in despair."

"You have a date."

"Yes. When are you going to learn to cable?"

"That's O.K.," Beddoes said carelessly. He made a point of never sounding disappointed. He had a feeling that if he asked Christina to break the date she would, but he also made a point of never pleading for anything. "We'll make it later."

"How about a drink this afternoon?"

"We can start with that," Beddoes said. "Five?"

"Make it five-thirty," Christina said.

"Where're you going to be?" Beddoes asked, minutely annoyed at the postponement.

"Near the Etoile," Christina said.

"Alexandre's?"

"Fine," Christina said. "Will you be on time for once?"

"Be more polite," Beddoes said, "the first day the man comes to town."

"*A tout à l'heure,*" Christina said.

"What did you say, Ma'am?"

"All the kids are speaking French this year." Christina laughed. "Isn't it nice to have you back in town?"

There was a click as she hung up. Beddoes put the

«Hi, Chris», sagte Beddoes.

«Wer ist am Apparat?»

«Die Stimme Ägyptens», sagte Beddoes.

«Walter!» sagte Christina erfreut. «Wann bist du angekommen?»

«In dieser Minute», log Beddoes und unterschlug dabei eine Stunde, um ihr zu gefallen. «Trägst du hohe Absätze?»

«Was?»

«Du trägst doch Schuhe mit hohen Absätzen, nicht wahr?»

«Warte mal, ich schau nach», sagte Christina. Dann, nach einer Pause: «Hast du in Kairo hellsehen gelernt?»

Beddoes lachte belustigt. «Nahöstliche Taschenspielertricks», sagte er. «Ich habe ein ganzes Repertoire mitgebracht. Wo essen wir heute zu Mittag?»

«Walter!» sagte Christina. «Es tut mir schrecklich leid.»

«Du hast also eine Verabredung.»

«Ja. Wann wirst du endlich das Telegraphieren lernen?»

«Ist schon gut», sagte Beddoes lässig. Er legte Wert darauf, sich nie eine Enttäuschung anmerken zu lassen. Er hatte das Gefühl, daß Christina ihm zuliebe die Verabredung absagen würde, aber er legte ebenfalls Wert darauf, niemals um etwas zu bitten. «Dann holen wir es eben nach.»

«Wie wär's mit einem Drink heute nachmittag?»

«Das wäre ein Anfang», sagte Beddoes. «Fünf Uhr?»

«Lieber halb sechs», sagte Christina.

«Wo bist du zu finden?» fragte Beddoes, leicht über den Aufschub verärgert.

«In der Nähe des Ftoile», sagte Christina.

«Bei Alexandre?»

«Einverstanden», sagte Christina. «Kommst du ausnahmsweise pünktlich?»

«Sei höflicher», sagte Beddoes, «am ersten Tag, an dem man wieder zu Hause ist.»

«A tout à l'heure», sagte Christina.

«Was sagten Sie, gnädige Frau?»

«Wir sprechen neuerdings alle französisch», lachte Christina. «Schön, daß du wieder da bist.»

Es klickte, als sie einhängte. Beddoes legte langsam auf und

phone down slowly and went over to the window. He stared at the river, thinking that this was the first time in a long while that Christina hadn't come over immediately when he arrived in Paris. The river appeared cold and the trees were bare and the sky looked as though it had been gray for months. But with all that, the city looked promising. Even the sunless, snowless winter weather couldn't prevent Paris from looking promising.

He had lunch with a man from the A. P. who had just come back from America. The man from the A. P. said that things were in unholy shape in America and that even if you ate in drugstores it cost at least a dollar and a half for lunch and Beddoes ought to be damned glad he wasn't there.

Beddoes got to the café a little late, but Christina hadn't arrived. He sat on the glass-enclosed terrace, next to the huge window, feeling it cold from the winter afternoon against his sleeve. The terrace was crowded with women drinking tea and men reading the evening newspapers. Outside, under the trees, a little parade was forming, the veterans of some World War I unit, huddling, middle-aged, and chilled in their overcoats, with their flags and decorations, preparing to walk behind an Army band up to the Arch and put a wreath on the tomb in memory of comrades who had fallen in battles that no one any longer remembered. The French, Beddoes thought sourly, because Christina was late and the afternoon had failed its promise, are always finding occasions to block traffic. They have an endless supply of dead to celebrate.

He ordered a beer, because he had drunk too much at lunch. He had also eaten too much, in the first wave of gluttony after Egyptian food. His stomach felt uncomfortable, and he was suddenly very tired from all the miles he had traveled in the past twenty-four hours. After the age of thirty-five, he thought, in

trat zum Fenster hinüber. Er starrte auf den Fluß und dachte darüber nach, daß zum ersten Mal seit langer Zeit Christina sich nicht sofort bei ihm blicken ließ, wenn er in Paris ankam. Der Fluß schien kalt und die Bäume waren kahl, der Himmel sah aus, als wäre er seit Monaten grau gewesen. Aber trotzdem machte die Stadt einen vielversprechenden Eindruck. Nicht einmal das sonnenlose, schneelose Winterwetter konnte Paris diesen Eindruck nehmen.

Er aß zu Mittag mit einem Mann von der Associated Press, der gerade aus Amerika zurückgekehrt war. Der Mann erzählte, daß es sich in Amerika verteufelt schlecht leben lasse. Sogar im Drugstore koste ein Mittagessen mindestens eineinhalb Dollar, und Beddoes solle verdammt froh sein, nicht drüben zu sein.

Beddoes betrat das Café mit ein wenig Verspätung, aber Christina war noch nicht da. Er setzte sich auf die verglaste Terrasse, neben das riesige Fenster, durch das die Kälte des Winternachmittags bis an seinen Ärmel drang. Die Terrasse war dicht besetzt von Tee trinkenden Frauen und Zeitung lesenden Männern. Draußen, unter den Bäumen, formierte sich eine kleine Marschkolonne. Die Veteranen irgend eines Truppenteils aus dem Ersten Weltkrieg – lauter Männer mittleren Alters, die in ihren Mänteln froren – drängten sich mit ihren Fahnen und Orden aneinander und schickten sich an, hinter einer Militärkapelle zum Arc de Triomphe zu marschieren und am Grab des Unbekannten Soldaten einen Kranz niederzulegen – zum Andenken an Kameraden, die in Schlachten gefallen waren, an die sich kein Mensch mehr erinnerte. Die Franzosen, dachte Beddoes, verstimmt, weil sich Christina verspätete und der Nachmittag nicht hielt was er versprach, fanden immerzu Anlässe, den Verkehr zu behindern. Sie hatten einen endlosen Vorrat an Toten, die sie feiern konnten.

Er bestellte sich ein Bier, weil er zu Mittag zu viel getrunken hatte. Er hatte auch zu viel gegessen, im ersten Heißhunger nach der ägyptischen Kost. Sein Magen war gereizt, und er fühlte sich plötzlich sehr müde von all den Kilometern, die er in den letzten vierundzwanzig Stunden zurückgelegt hatte. Wenn man einmal fünfunddreißig ist, grübelte er in abendlicher

evening melancholy, no matter how swift the plane, how calm the air, how soft the cushion, the bones record the miles inexorably. He had turned thirty-five three months before and he had begun to reflect uneasily upon age. He stared at his face in mirrors, noticing wrinkles under his eyes and gray in his beard when he shaved. He remembered hearing that aging ballplayers shaved two and three times a day to keep managers and sportwriters from seeing the telltale flecks in beard stubble. Maybe, he thought, career men in the foreign service ought to do the same thing. Seventy minus thirty-five leaves thirty-five, he thought. It was an equation that came ominously to mind, especially late in the afternoon, more and more often after the midway anniversary. He stared out through the cold glass at the shuffling veterans, ranked shabbily behind their flags, their breath, mingled with cigarette smoke, rising in little clouds above their heads. He wished they'd start marching and get away from there. "Veteran" was a word that suddenly fell on his ear with an unpleasant sound.

He also wished that Christina would arrive. It wasn't like her to be late. She was one of those rare girls who always got to places exactly on the appointed hour. Irrelevantly, he remembered that she also dressed with great speed and took only a minute or two to comb her hair. She had blond hair, cut in the short Parisian manner, which left the back of her neck bare. Beddoes thought about the back of Christina's neck and felt better.

They would give themselves a gay evening, he thought. One should not permit himself to feel tired or old in Paris. If the feeling ever gets chronic, he told himself, I'll move away for good.

He thought about the evening ahead of him. They'd wander around to a couple of bars, avoiding their friends and not drinking too much, and go to a *bistro* in the markets where there were thick steaks

Melancholie, kann das Flugzeug noch so schnell, die Luft noch so ruhig und das Polster noch so weich sein – man spürt die Kilometer unerbittlich in den Knochen. Er war vor drei Monaten fünfunddreißig geworden und hatte begonnen, sich über das Alter trübe Gedanken zu machen. Wenn er sich im Spiegel musterte, bemerkte er Fältchen unter seinen Augen, und beim Rasieren stieß er auf graue Bartstoppeln. Er hatte einmal gehört, daß sich alternde Fußballspieler zwei- bis dreimal am Tag rasieren, um Manager und Sportjournalisten über die verräterischen Spuren in ihrem Bart hinwegzutäuschen. Vielleicht sollten dies auch Karrieremänner im auswärtigen Dienst tun. Siebzig minus fünfunddreißig ist fünfunddreißig, sinnierte er. Es war eine Gleichung von drohender Gegenwart, besonders am späten Nachmittag und immer öfter seit dem Geburtstag, der den Wendepunkt markierte. Er starrte durch das kalte Glas auf die mit den Füßen scharrenden Veteranen, die sich in schäbigen Reihen hinter ihren Fahnen aufstellten und deren Atem, mit Zigarettenqualm vermischt, Wölkchen über ihren Köpfen bildete. Wenn sie nur endlich abmarschieren und verschwinden würden. «Veteran» war ein Wort, das plötzlich mißtönend in seinen Ohren klang.

Er wünschte sich auch Christina herbei. Es war nicht ihre Art, sich zu verspäten. Sie gehörte zu den seltenen Mädchen, die Verabredungen immer pünktlich einhalten. So nebenbei fiel ihm ein, daß sie sich auch rasch anzog und immer nur ein bis zwei Minuten brauchte, um sich zu frisieren. Sie hatte blondes Haar, kurz nach Pariser Mode geschnitten, so daß der Nacken frei blieb. Beddoes dachte an Christinas Nacken und wurde froher.

Sie würden sich einen vergnügten Abend machen, überlegte er. Es gehörte einfach verboten, sich in Paris müde oder alt zu fühlen. Falls ein solches Gefühl einmal chronisch werden sollte, sagte er sich, so würde er die Stadt wohl am besten für immer verlassen.

Er dachte an den Abend, der vor ihm lag. Sie würden auf ihrem Bummel einige Bars besuchen, ihren Freunden aus dem Weg gehen und nicht zu viel trinken. Dann würden sie ein Bistro inmitten der Markthallen aufsuchen, wo es dicke Steaks

and a heavy red wine, and after that maybe they'd go to the night club where there was a queer, original puppet show and three young men who sang funny songs that, unlike so many night-club songs, really did turn out to be funny. When you came out into the street after their act you were charmed and amused and you had the sense that this was the way a man should feel in Paris at two o'clock in the morning.

The night before he left for Cairo, he had taken Christina there. The prospect of going back on this first night home gave him an unexplained but pleasant feeling of satisfactory design. Christina had looked very pretty, the prettiest girl in the room full of handsome women, he'd thought, and he had even danced, for the first time in months. The music was supplied by a pianist and a man who got quivering, rich sounds from an electric guitar, and they played those popular French songs that always made you feel how sweet was love in the city, how full of sorrow and tempered regret.

The music had made Christina a little moony, he remembered, which was strange for her, and she had held his hand during the show, and kissed him when the lights went out between numbers. Her eyes had filled with tears for a moment and she had said: "What am I going to do without you for two months?" when he spoke of his departure the next morning. He had felt, a little warily, because he was affected, too, that it was lucky he was leaving, if she was moving into that phase. That was the pre-yearning-for-marriage phase, and you had to be on guard against it, especially late at night, in Paris, in darkened rooms where pianists and electric guitars played songs about dead leaves and dead loves and lovers who were separated by wars.

Beddoes had been married once, and he felt, for the time being, that that was enough. Wives had a tendency to produce children, and sulk and take to

und einen schweren Rotwein gab, und danach vielleicht noch den Nachtklub, in dem das eigenartige Handpuppentheater war und wo drei junge Männer lustige Chansons sangen, die sich im Gegensatz zu der üblichen Art wirklich lustig anhörten. Wenn man nach Schluß der Vorstellung auf die Straße trat, war man entzückt und erheitert, und man hatte das Gefühl, daß man sich für Paris und zwei Uhr nachts in der richtigen Stimmung befand.

Am Abend vor seiner Abreise nach Kairo war er mit Christina dort gewesen. Und die Aussicht, an seinem ersten Abend zu Hause wieder hinzugehen, gab ihm ein unerklärliches, aber angenehmes Gefühl erfreulicher Zielstrebigkeit. Christina hatte sehr hübsch ausgesehen – das hübscheste Mädchen in einem Raum voll reizvoller Frauen, hatte er bei sich gedacht – und er hatte sogar getanzt, zum ersten Mal seit Monaten. Für Musik sorgten ein Pianist und ein Mann, der einer elektrischen Gitarre vibrierende volle Klänge entlockte, und sie spielten jene beliebten Chansons, die einen immer wieder spüren ließen, wie süß die Liebe in Paris sein kann, wie reich an Schmerz und gedämpfter Wehmut.

Die Musik hatte Christina ein bißchen träumerisch gestimmt, was bei ihr selten vorkam, und sie hatte während der Vorstellung seine Hand gehalten und ihn geküßt, wenn zwischen den Nummern die Lichter erloschen. Ihre Augen waren einen Augenblick feucht geworden, und sie sagte: «Was soll ich zwei Monate ohne dich tun?» als er auf seine Abreise am nächsten Morgen zu sprechen kam. Sich selbst nicht mehr trauend – denn auch er war gerührt – empfand er seine Abreise als einen glücklichen Umstand, jetzt, da Christina in das berühmte Stadium zu kommen schien. Es war das Stadium der noch unbewußten Ehesehnsucht, vor dem man auf der Hut sein mußte, besonders spät nachts, in Paris, in abgedunkelten Räumen, in denen Pianos und elektrische Gitarren Lieder von welken Blättern, toter Liebe und Trennung im Kriege spielten.

Beddoes war einmal verheiratet gewesen, und vorläufig hatte er genug davon. Ehefrauen hatten die Tendenz, Kinder zu kriegen, zu schmollen und sich mit Alkohol oder anderen

drink or other men when their husbands were called away to the other side of the earth for three or four months at a time on jobs.

He had been a little surprised at Christina. Yearning was not in her line. He had known her, although until recently not very well, almost from the time she arrived from the States four years before. She did some modelling for photographers and was pretty enough to have done very well at it, except that, as she said, she felt too silly making the fashionable languorous, sexy grimaces that were demanded of her. She knew how to type and take dictation and she found odd jobs with American businessmen who had worked for a month or two at a time in Paris. She had picked up French immediately, and drove a car, and from time to time she got curious little jobs as a companion for old American ladies who wanted to tour through the château country or into Switzerland. She never seemed to need any sleep (even now she was only about twenty-six) and she would stay up all night with anybody and she went to all the parties and had had, to Beddoes' knowledge, affairs with two friends of his – a free-lance photographer and an Air Transport Command pilot who had been killed in a crash outside Frankfurt. You could telephone her at any hour of the day or night without making her angry and you could introduce her into any group and be pleased with the way she behaved. She always knew which bistro was having a rage at the moment and who was singing at which night club and which new painter was worth seeing and who was in town and who was going to arrive next week and which little hotels outside Paris were pleasant for lunch or a weekend. She obviously didn't have much money, but she dressed charmingly, French enough to amuse her French friends and not so French that she made Americans feel she was trying to pretend she was European. All in all, while

Männern abzugeben, wenn ihre eigenen berufshalber für drei oder vier Monate auf die andere Seite des Globus geschickt wurden.

Christina hatte ihn etwas erstaunt. Sehnsüchtige Gefühle waren nicht ihre Sache. Er kannte sie, wenn auch bis vor kurzem nicht sehr genau, seit fast vier Jahren, als sie aus den Staaten gekommen war. Sie arbeitete hin und wieder als Photomodell und wäre hübsch genug gewesen, dabei gut voranzukommen, nur kam sie sich, wie sie sagte, zu albern vor, wenn sie die üblichen schmachtenden und aufreizenden Grimassen schnitt, die die Mode von ihr verlangte. Sie konnte tippen und Diktate aufnehmen und fand manche Gelegenheitsarbeit bei amerikanischen Geschäftsleuten, die vorübergehend für ein oder zwei Monate in Paris zu tun hatten. Sie hatte sich sofort französische Sprachkenntnisse angeeignet, fuhr einen Wagen und bekam von Zeit zu Zeit komische kleine Jobs als Gesellschafterin für alte Damen aus Amerika, die eine Besichtigungstour zu den Loireschlössern oder in die Schweiz machen wollten. Mit ihren knapp sechsundzwanzig Jahren schien sie nie Schlaf zu benötigen und konnte ganze Nächte hindurch feiern. Sie ging auf alle Parties und hatte, soviel Beddoes wußte, mit zweien seiner Freunde Affären gehabt – mit einem freiberuflich arbeitenden Photographen und einem Militärtransportflieger, der dann bei Frankfurt tödlich abstürzte. Man konnte sie zu jeder Tages- und Nachtzeit anrufen, ohne sie zu verärgern, und man konnte sie in jede Gesellschaft einführen und sich über die Art freuen, wie sie sich bewegte. Sie wußte immer, welches Bistro gerade die große Mode war, wer in welchem Nachtklub sang, was für ein neuer Maler sehenswert war, wer zur Zeit in Paris weilte und wer nächste Woche ankommen würde, und schließlich welche kleinen Hotels vor Paris sich für den Mittag oder das Wochenende empfahlen. Sie hatte offensichtlich nicht viel Geld, aber sie kleidete sich mit Schick, französisch genug, um ihre französischen Freunde zu amüsieren, und doch wiederum nicht französisch genug, um bei den Amerikanern den Eindruck zu erwecken, als wollte sie als Europäerin gelten. Alles in allem: war sie auch kein Mädchen, das mit dem Bei-

she was not a girl of whom your grandmother was likely to approve, she was, as Beddoes had once told her, an ornament to the wandering and troubled years of the second half of the twentieth century.

The veterans started to move off, the banners flapping a little in the dusk as the small parade turned past the TWA office and up the Champs-Elysées. Beddoes watched them, thinking vaguely of other parades, other banners. Then he saw Christina striding diagonally across the street, swift and sure of herself in the traffic. She could live in Europe the rest of her life, Beddoes thought, smiling as he watched her, and all she'd have to do would be to walk ten steps and everybody would know she had been born on the other side of the ocean.

He stood when she opened the door into the terrace. She was hatless, and Beddoes noticed that her hair was much darker than he remembered and she was wearing it longer. He kissed her on both cheeks as she came up to the table. "Welcome," he said. "In the French style."

She hugged him momentarily. "Well, now," she said, "here's the man again."

She sat down, opening her coat, and smiled across the table at him. Her cheeks were flushed from the cold and her eyes were shining and she looked glitteringly young.

"The spirit of Paris," Beddoes said, touching her hand on the table. "American division. What'll it be to drink?"

"Tea, please. I'm glad to see you."

"Tea?" Beddoes made a face. "Anything wrong?"

"No." Christina shook her head. "I just want tea."

"That's a hell of a drink to welcome a traveler home on," Beddoes said.

"With lemon, please," Christina said.

fall der Großmüttergeneration rechnen konnte, so gereichte sie jedenfalls, wie Beddoes ihr einmal gesagt hatte, den unsteten und wirren Zeitläufen der zweiten Jahrhunderthälfte zur Zierde.

Die Veteranen setzten sich in Marsch. Ihre Fahnen flatterten matt in der Dämmerung, als der kleine Zug um das TWA-Büro in die Champs-Elysées einbog. Beddoes blickte ihnen nach und dachte verschwommen an andere Umzüge, andere Fahnen. Dann sah er Christina schräg über die Straße schreiten, rasch und sicher im Verkehr.

Sie könnte den Rest ihres Lebens in Europa verbringen, dachte Beddoes, während er sie lächelnd beobachtete: sie brauchte nur zehn Schritte zu gehen, und jedermann wüßte, daß sie auf der anderen Seite des Atlantik geboren war.

Er stand auf, als sie die Tür der Terrasse öffnete und hereinkam. Sie hatte keinen Hut auf, und Beddoes bemerkte, daß ihr Haar viel dunkler war, als er es in Erinnerung hatte, und daß sie es länger trug. Er küßte sie auf beide Wangen, als sie zu ihm an den Tisch trat, und sagte: «Willkommen, auf französische Art.»

Sie drückte sich flüchtig an ihn. «Na endlich», sagte sie, «nun bist du ja wieder im Lande.»

Sie setzte sich hin, knöpfte ihren Mantel auf und lächelte ihm über den Tisch zu. Ihre Wangen waren von der Kälte gerötet, und ihre Augen glänzten, und sie sah strahlend jung aus.

«Paris, wie es leibt und lebt», sagte Beddoes und berührte ihre Hand auf dem Tisch. «Aus USA importiert. Was möchtest du trinken?»

«Tee, bitte. Ich freue mich so, dich zu sehen.»

«Tee?» Beddoes verzog das Gesicht. «Bist du etwa krank?»

«Nein.» Christina schüttelte den Kopf. «Ich möchte ganz einfach Tee.»

«Das ist aber ein verteufelt mieses Getränk, um einen Heimkehrer zu feiern», sagte Beddoes.

«Mit Zitrone, bitte», sagte Christina.

Beddoes shrugged, and ordered one tea from the waiter.

"How was Egypt?" Christina asked.

"Was I in Egypt?" Beddoes stared at Christina, enjoying her face.

"That's what it said in the papers."

"Oh, yes," Beddoes said. "A new world struggling to be born," he said, his voice deep and expert. "Too late for feudalism, too early for democracy..."

Christina made a face. "Lovely phrases for the State Department archives," she said. "I mean over a drink how is Egypt."

"Sunny and sad," Beddoes said. "After two weeks in Cairo you feel sorry for everybody. How is Paris?"

"Too late for democracy," Christina said, "Too early for feudalism."

Beddoes grinned and leaned across the little table and kissed her gently. "I mean over a kiss," he said, "how is Paris?"

"The same," Christina said. She hesitated. "Almost the same."

"Who's around?"

"The group," Christina said carelessly. "The usual happy exiles. Charles, Boris, Anne, Teddy..."

Teddy was the free-lance photographer. "You see much of him?" Beddoes asked, very lightly.

"Uh?" Christina smiled, just a little, at him.

"Merely checking." Beddoes grinned.

"No, I haven't," Christina said. "His Greek's in town."

"Still the Greek?"

"Still the Greek," Christina said.

The waiter came and placed the tea in front of her. She poured it into the cup and squeezed the lemon. She had long, competent fingers, and Beddoes noticed that she no longer used bright nail polish.

"Your hair," he said. "What happened?"

Beddoes zuckte mit den Achseln und bestellte beim Ober einen Tee.

«Wie war es in Ägypten?» fragte Christina.

«War ich denn in Ägypten?» Beddoes studierte mit Genuß Christinas Gesicht.

«So stand es wenigstens in der Zeitung.»

«Ach so», sagte Beddoes. «Nun, es ist wieder so eine Welt in Geburtswehen», erklärt er mit tiefer und erfahrener Stimme. «Zu spät für den Feudalismus, zu früh für die Demokratie ...»

Christina verzog das Gesicht. «Hübsche Phrasen für die Archive des Außenministeriums», sagte sie. «Ich frage wie man bei einem Drink fragt: wie ist Ägypten?»

«Sonnig und traurig», antwortete Beddoes. «Nach vierzehn Tagen Kairo tun einem alle Leute leid. Wie ist Paris?»

«Zu spät für die Demokratie», sagte Christina, «und zu früh für den Feudalismus.»

Beddoes beugte sich mit einem breiten Lächeln über den kleinen Tisch und küßte sie sanft. «Ich frage wie man bei einem Kuß fragt: wie ist Paris?»

«Wie es war», antwortete Christina. Sie zögerte. «Oder beinahe so.»

«Wer ist alles in der Stadt?»

«Die ganze Clique», sagte Christina leichthin. «Die alten glücklichen Exilamerikaner. Charles, Boris, Anne, Teddy ...»

Teddy war der freiberufliche Photograph. «Siehst du ihn oft?» fragte Beddoes möglichst ungezwungen.

«Hm?» lächelte ihn Christina flüchtig an.

«Bloß zur Orientierung», grinste Beddoes.

«Nein, ich hab ihn nicht oft gesehen», sagte Christina. «Sein Freund ist in der Stadt.»

«Immer noch der alte?»

«Ja, immer noch», sagte Christina.

Der Kellner kam und setzte ihr den Tee vor. Sie goß ihn in die Tasse und drückte die Zitrone. Sie hatte lange, geschickte Finger, und Beddoes bemerkte, daß sie nicht mehr den hellen Nagellack benutzte.

«Dein Haar», sagte er. «Was ist denn damit passiert?»

Christina touched her hair absently. "Oh," she said. "You noticed?"

"Where're the blondes of yesteryear?"

"I decided to go natural." Christina stirred her tea. "See what that was like for a change. Like it?"

"I haven't decided yet. It's longer, too."

"Uh-huh. For the winter. The back of my neck was cold. People say it makes me look younger."

"They're absolutely right," Beddoes said. "You now look exactly eleven."

Christina smiled and lifted her cup to him. "To those who return," she said.

"I don't accept toasts in tea," Beddoes said.

"You're a finicky, liquor-loving man," Christina said, and placidly sipped at her tea.

"Now," Beddoes said, "the evening. I thought we might skip our dear friends and go to that place in the markets for dinner, because I'm dying for a steak, and after that –" He stopped. "What's the matter? Can't we have dinner together?"

"It's not that, exactly." Christina kept her head down and stirred her tea slowly. "I have a date –"

"Cancel him," Beddoes said promptly. "Cancel the swine."

"I can't really." Christina looked soberly up at him. "He's coming to meet me here any minute now."

"Oh." Beddoes nodded. "That makes it different, doesn't it."

"Yes."

"Can't we shake him?"

"No," Christina said. "We can't shake him."

"The man doesn't live who can't be shaken," said Beddoes. "Old friend, you say, who just arrived from the horrors of the desert, just escaped dysentery and religious wars by the skin of his teeth, needs soothing, you say, and tender attention for his shattered nerves, et cetera."

Christina strich zerstreut über ihre Frisur. «Oh», sagte sie. «Du hast es bemerkt?»

«Wo ist das Blond von ehedem?»

«Ich habe mich entschieden, Naturfarbe zu tragen.» Christina rührte ihren Tee um. «Wollte mal probieren, wie es aussieht, zur Abwechslung. Gefällt es dir?»

«Ich bin mir noch nicht klar. Es ist doch auch länger.»

«Hm. Für den Winter. Ich hab im Nacken gefroren. Die Leute sagen, daß ich so jünger aussehe.»

«Sie haben vollkommen recht», sagte Beddoes. «Du siehst jetzt aus, als wärest du eben elf.»

Christina lächelte und hob ihre Tasse. «Auf die Heimkehrer!» sagte sie.

«Keine Trinksprüche zum Tee!», wehrte Beddoes ab.

«Du bist ein eigensinniger Trunkenbold», sagte Christina und nippte gelassen an ihrer Tasse.

«Nun», sagte Beddoes, «zum heutigen Abend. Ich habe mir gedacht, wir versetzen unsere lieben Freunde und gehen zum Abendessen in unser Lokal bei den Markthallen, weil ich mich nach einem richtigen Steak sehne, und später...» Er stockte. «Was ist los?» Können wir nicht zusammen essen?»

«Doch, eigentlich schon.» Christina hielt ihren Kopf gesenkt und rührte langsam in ihrem Tee. «Aber ich bin verabredet...»

«Sag ihm ab!» sagte Beddoes wie aus der Pistole geschossen. «Sag ihm ab, dem Schweinehund!»

«Nein, ich kann nicht.» Christina blickte ernst zu ihm auf. «Er muß jetzt jede Minute hier sein, um mich zu treffen.»

«Oh!» Beddoes nickte mit dem Kopf. «Das ist freilich etwas anderes.»

«Ja», bekräftigte Christina.

«Können wir ihn nicht abschütteln?»

«Nein», sagte Christina. «Das können wir nicht.»

«Der Mann, den man nicht abschütteln kann, muß erst geboren werden», entgegnete Beddoes. «Erzähl ihm was von einem alten Freund, der gerade von den Schrecknissen der Wüste zurück ist. Er ist um ein Haar der Ruhr und den Religionswirren entkommen und braucht Beruhigung und zärtliche Pflege für seine zerrütteten Nerven, und so fort.»

Christina was smiling, but shaking her head. "Sorry," she said. "It can't be done."

"Want me to do it?" Beddoes said. "Man to man. See here, old fellow, we're all grown-up, civilized human beings – That sort of thing?"

"No," Christina said.

"Why not?" Beddoes asked, conscious that he was breaking a long-standing and until now jealously adhered-to rule about not pleading for anything. "Why can't we?"

"Because I don't want to," Christina said.

"Oh," said Beddoes. "The wind is in that direction"

"Variably," Christina said softly, "in that direction. We could all have dinner together. The three of us. He's a very nice man. You'd like him."

"I never like any man the first night I'm in Paris," Beddoes said.

They sat in silence for a moment while Beddoes remembered all the times that Christina had said over the phone, "O. K., it's sinful, but I'll brush him. Meet you at eight." It was hard to believe, sitting across from her, noticing that there was no obvious change in the way she looked at him, in the way she touched his hand, that she wouldn't say it in the next minute or so.

"Two months is a long time, isn't it?" Beddoes said. "In Paris?"

"No," Christina said. "It's not a long time. In Paris or anywhere else."

"Hello, Christina." It was a tall, rather heavyset young man, smiling and blond, who was standing, holding a hat, next to the table. "I found the place all right." He leaned over and kissed her forehead.

Beddoes stood up.

"Jack," Christina said, "This is Walter Beddoes. John Haislip. Dr. Haislip."

Christina lächelte, aber schüttelte den Kopf. «Es tut mir leid», sagte sie. «Aber es ist unmöglich.»

«Soll ich es tun?» fragte Beddoes. «Von Mann zu Mann: Sehen Sie, alter Junge, wir sind doch alle erwachsene und gebildete Menschen – auf diese Tour?»

«Nein», sagte Christina.

«Warum nicht?» fragte Beddoes – und da wurde ihm bewußt, daß er die seit langem geltende und bis jetzt streng befolgte Regel brach, nie um etwas zu bitten. «Warum können wir es nicht?»

«Weil ich nicht will», antwortete Christina.

«Ach so!», sagte Beddoes. «Aus dieser Richtung bläst der Wind.»

«Leicht wechselnd», sagte Christina leise, «doch immerhin aus dieser Richtung. Aber wir könnten alle zusammen essen. Zu dritt. Er ist ein sehr netter Mann. Er würde dir gefallen.»

«An meinem ersten Abend in Paris gefällt mir überhaupt kein Mann», antwortete Beddoes.

Sie saßen einen Augenblick schweigend, während Beddoes nachdachte, wie oft Christina am Telephon gesagt hatte: «Na schön, es ist zwar schändlich, aber ich lasse ihn sausen. Also um acht Uhr.» So wie sie ihm gegenübersaß, wie sie ihn mit einem Blick ansah, in dem keine Veränderung zu bemerken war, wie sie seine Hand berührte, konnte man sich kaum vorstellen, daß sie es im nächsten Augenblick nicht wieder sagen würde.

«Zwei Monate sind eine lange Zeit, nicht wahr?» sagte Beddoes. «In Paris.»

«Nein», sagte Christina. «Keine lange Zeit. Weder in Paris noch sonstwo.»

«Hallo, Christina!» Es war ein großer und kräftig gebauter junger Mann, lächelnd und blond, der mit dem Hut in der Hand am Tisch stand. «Ich habe auf Anhieb hierhergefunden.» Er beugte sich vor und küßte sie auf die Stirn.

Beddoes erhob sich.

«Jack», sagte Christina, «dies ist Walter Beddoes. – John Haislip. Dr. Haislip.»

The two men shook hands.

"He's a surgeon," Christina said as Haislip gave his hat and coat to the attendant and sat down beside her. "He nearly had his picture in *Life* last year for something he did with kidneys. In thirty years he's going to be enormously famous."

Haislip chuckled. He was a big, placid, self-confident-looking man, with the air of an athlete, who was probably older than he looked. And just with one glance Beddoes could tell how the man felt about Christina. Haislip wasn't hiding anything in that department.

"What'll you drink, Doctor?" Beddoes asked.

"Lemonade, please."

Un citron pressé," Beddoes said to the waiter. He peered curiously at Christina, but she was keeping her face straight.

"Jack doesn't drink," Christina said. "He says it isn't fair for people who make a living out of cutting other people up."

"When I retire," Haislip said cheerfully, "I'm going to soak it up and let my hands shake like leaves in the wind." He turned to Beddoes. You could tell that it took a conscious wrench for him to stop looking at Christina. "Did you have a good time in Egypt?" he asked.

"Oh," Beddoes said, surprised. "You know about my being in Egypt?"

"Christina's told me all about you," Haislip said.

"I swore a solemn oath that I was going to forget Egypt for a month once I got here," Beddoes said.

Haislip chuckled. He had a low, unforced laugh and his face was friendly and unself-conscious. "I know how you feel," he said. "The same way I feel about the hospital sometimes."

"Where is the hospital?" Beddoes asked.

"Seattle," Christina said quickly.

"How long have you been here?" Beddoes saw Christina glance at him obliquely as he spoke.

Die beiden Männer schüttelten sich die Hand.

«Er ist Chirurg», sagte Christina, während Haislip dem Hoteldiener Hut und Mantel übergab und sich neben sie setzte. «‹Life› hätte voriges Jahr beinahe sein Bild gebracht wegen irgendeiner Sache, die er mit Nieren anstellte. In dreißig Jahren wird er hochberühmt sein.»

Haislip lachte belustigt. Er war ein stattlicher, ruhiger Mann von selbstsicherem Auftreten, der wie ein Athlet wirkte und wahrscheinlich älter war als er aussah. Und auf den ersten Blick konnte Beddoes sehen, was er Christina gegenüber empfand. Haislip machte aus seinem Herzen keine Mördergrube.

«Was möchten Sie trinken, Doktor?» fragte Beddoes.

«Limonade, bitte.»

«Un citron pressé», sagte Beddoes zum Kellner. Er spähte neugierig zu Christina hinüber, aber die zuckte mit keiner Wimper.

«Jack trinkt nicht», sagte sie. «Er meint, es gehöre sich nicht für Leute, die davon leben, anderer Leute Bäuche aufzuschneiden.»

«Wenn ich mich einmal zur Ruhe setze», sagte Haislip vergnügt, «lasse ich mich vollaufen, daß mir die Hände wie Espenlaub zittern.» Er wandte sich Beddoes zu. Man spürte, wie es ihn eine bewußte Anstrengung kostete, seinen Blick von Christina loszureißen. «Hatten Sie einen schönen Aufenthalt in Ägypten?» fragte er.

«Oh», sagte Beddoes überrascht. «Sie wissen, daß ich in Ägypten war?»

«Christina hat mir alles über Sie erzählt», sagte Haislip.

«Ich habe feierlich geschworen, Ägypten nach meiner Rückkehr einen Monat lang zu vergessen», sagte Beddoes.

Haislip lachte. Er hatte ein leises, gemütliches Lachen, und sein Gesicht war freundlich und ungezwungen. «Ich weiß, wie Ihnen zumute ist», sagte er. «Mir geht es manchmal genauso mit dem Krankenhaus.»

«Wo ist denn Ihr Krankenhaus?» fragte Beddoes.

«In Seattle», warf Christina rasch ein.

«Wie lange sind Sie schon hier?» Beddoes sah, wie Christina ihm bei diesen Worten einen schrägen Blick zuwarf.

"Three weeks," said Haislip. He turned back toward Christina, as though he could find comfort in no other position. "The changes that can take place in three weeks. My Lord!" He patted Christina's arm and chuckled again. "One more week and back to the hospital."

"You here for fun or for business?" Beddoes asked, falling helplessly into the pattern of conversation of all Americans who meet each other abroad for the first time.

"A little of both," Haislip said. "There was a conference of surgeons I was asked to attend, and I moseyed around a few hospitals on the side."

"What do you think of French medicine now you've had a chance to see some of it?" Beddoes asked, the investigator within operating automatically.

"Well" – Haislip managed to look away from Christina for a moment – "they function differently from us over here. Intuitively. They don't have the equipment we have, or the money for research, and they have to make up for it with insight and intuition." He grinned. "If you're feeling poorly, Mr. Beddoes," he said, "don't hesitate to put yourself in their hands. You'll do just about as well here as anyplace else."

"I feel all right," Beddoes said, then felt that it had been an idiotic thing to say. The conversation was beginning to make him uncomfortable, not because of anything that had been said but because of the way the man kept looking, so openly and confessingly and completely, at Christina. There was a little pause and Beddoes had the feeling that unless he jumped in, they would sit in silence forever. "Do any sightseeing?" he asked lamely.

"Not as much as I'd like," Haislip said. "Just around Paris. I'd've loved to go down south this time of the year. That place Christina keeps talking about. St. Paul de Vence. I guess that's about as different

«Drei Wochen», antwortete Haislip. Er wandte sich wieder Christina zu, als könnte er anders keine Ruhe finden. «Mein Gott, was sich doch alles in drei Wochen verändern kann!» Er tätschelte Christinas Arm und lachte wieder vor sich hin. «Noch eine Woche und dann zurück ins Krankenhaus.»

«Sind Sie zu Ihrem Vergnügen oder beruflich hier?» fragte Beddoes, der hilflos in die Gesprächsschablone aller Amerikaner hineinschlitterte, die sich zum ersten Mal im Ausland begegnen.

«Sowohl als auch», sagte Haislip. «Ich wurde aufgefordert, an einem Chirurgenkongreß teilzunehmen, und hab so nebenbei noch in ein paar Krankenhäusern herumgeschnuppert.»

«Was halten Sie von der französischen Medizin, nachdem Sie jetzt einiges davon zu sehen bekommen haben?» fragte Beddoes; der Detektiv in ihm war schon in Aktion.

«Nun» – Haislip brachte es fertig, Christina einen Moment aus den Augen zu lassen – «die Leute arbeiten hier ganz anders als wir. Mehr intuitiv. Sie haben keine Ausrüstung wie wir, auch nicht soviel Geld für Forschungszwecke, und sie müssen das alles durch Beobachtung und Intuition wettmachen.» Lächelnd fuhr er fort: «Wenn Sie sich einmal auf dem Hund fühlen, Mr. Beddoes, dann zögern Sie nicht, sich ihnen auszuliefern. Sie werden es hier nicht schlechter haben als irgendwo anders.»

«Ich fühle mich bestens», sagte Beddoes und hatte gleich darauf das Gefühl, etwas Dämliches gesagt zu haben. Die Unterhaltung ging ihm langsam auf die Nerven, nicht wegen irgendwelcher Worte, die gefallen waren, sondern wegen der Art und Weise, wie der Mann Christina ansah: so offen, so rückhaltlos und hingebungsvoll. Es entstand eine kleine Pause, und Beddoes kam es vor, als müßte er sie schleunigst überbrücken, wenn sie nicht alle gänzlich verstummen wollten. «Machen Sie auch Besichtigungen?» fragte er lahm.

«Nicht soviel wie mir lieb wäre», antwortete Haislip. «Nur Paris und Umgebung. Ich wäre zu dieser Jahreszeit gern in den Süden gefahren. An einen Ort, von dem Christina soviel erzählt. Saint Paul de Vence. Ich glaube, dort ist die Welt so verschieden von Seattle wie man es sich nur wünschen kann,

from Seattle as a man could wish for and still get running water and Christian nourishment. You've been there, haven't you, Mr. Beddoes?"

"Yes," Beddoes said.

"Christina told me," said Haislip. "Oh, thank you," he said to the waiter who put the lemonade down in front of him.

Beddoes stared at Christina. They had spent a week together there early in the autumn. He wondered what, exactly, she had told the Doctor.

"We'll make it the next trip," Haislip said.

"Oh," said Beddoes, noting the "we" and wondering whom it included. "You planning to come over again soon?"

"In three years." Haislip carefully extracted the ice from his lemonade and put it on the saucer. "I figure I can get away for six weeks in the summer every three years. People don't get so sick in the summertime." He stood up. "Pardon me," he said, "but I have to make a couple of telephone calls."

"Downstairs and to the right," Christina said. "The woman'll put the calls through for you. She speaks English."

Haislip laughed. "Christina doesn't trust my French," he said. "She says it's the only recognizable Puget Sound accent that has ever been imposed upon the language." He started away from the table, then stopped. "I sincerely hope you'll be able to join us for dinner, Mr. Beddoes."

"Well," Beddoes said, "I made a tentative promise I'd meet some people. But I'll see what I can do."

"Good." Haislip touched Christina's shoulder lightly, as though for some obscure reassurance, and walked away between the tables.

Beddoes watched him, thinking unpleasantly, Well, one thing, I'm better-looking, anyway. Then he turned to Christina. She was stirring the tea leaves at

und man hat trotzdem fließendes Wasser und eine christliche Kost. Sie sind doch auch schon dort gewesen, nicht wahr, Mr. Beddoes?»

«Ja», sagte Beddoes.

«Christina hat mir davon erzählt», fuhr Haislip fort. «Oh, dankeschön», sagte er zu dem Kellner, der die Limonade vor ihn hinstellte.

Beddoes starrte Christina an. Sie hatten im Frühherbst zusammen eine Woche dort unten verlebt. Was hatte sie wohl dem Doktor im einzelnen erzählt?

«Wir sparen es uns für nächstes Mal auf», sagte Haislip.

«Aha», bemerkte Beddoes, während er das «wir» zur Kenntnis nahm und sich fragte, wer damit gemeint war. «Sie haben vor, bald wieder herüberzukommen?»

«In drei Jahren.» Haislip fischte vorsichtig das Eis aus seiner Limonade und legte es auf den Unterteller. «Ich denke, ich kann alle drei Jahre für sechs Wochen im Sommer Ferien machen. Im Sommer werden die Leute nicht so leicht krank.» Er stand auf. «Entschuldigen Sie, bitte», sagte er, «ich muß noch einige Telephongespräche erledigen.»

«Die Treppe hinunter und nach rechts», sagte Christina. «Die Frau wird dir die Verbindungen herstellen. Sie spricht englisch.»

Haislip lachte. «Christina traut meinem Französisch nicht. Sie sagt, ich hätte den einzigen erkennbaren Seattle-Akzent, der je der französischen Sprache aufgezwungen wurde.» Er entfernte sich etwas vom Tisch und blieb dann stehen. «Ich hoffe aufrichtig, daß Sie uns beim Essen Gesellschaft leisten, Mr. Beddoes.»

«Nun», sagte Beddoes, «ich habe vage zugesagt, ein paar Leute zu treffen. Aber ich will sehen, was sich tun läßt.»

«Fein.» Haislip berührte leicht Christinas Schulter, wie zum Zeichen einer unbestimmten Bestätigung, und ging zwischen den Tischen hindurch zur Tür hinaus.

Beddoes sah ihm nach, voll von unerquicklichen Gedanken. Nun, eins stand jedenfalls fest: er selbst sah besser aus als der andere. Dann wandte er sich Christina zu. Sie rührte mit ihrem

the bottom of her cup absently with her spoon. "That's why the hair is long and natural," Beddoes said. "Isn't it?"

"That's why."Christina kept stirring the tea leaves.

"And the nail polish."

"And the nail polish."

"And the tea."

"And the tea."

"What did you tell him about St. Paul de Vence?"

"Everything."

"Look up from that damned cup."

Slowly Christina put down the spoon and raised her head. Her eyes were glistening, but not enough to make anything of it, and her mouth was set, as with an effort.

"What do you mean by everything?" Beddoes demanded.

"Everything."

"Why?"

"Because I don't have to hide anything from him."

"How long have you known him?"

"You heard," Christina said. "Three weeks. A friend of mine in New York asked him to look me up."

"What are you going to do with him?"

Christina looked directly into his eyes. "I'm going to marry him next week and I'm going back to Seattle with him."

"And you'll come back here three years from now for six weeks in the summertime, because people don't get so sick in the summertime," Beddoes said.

"Exactly."

"And that's O. K.?"

"Yes."

"You said that too defiantly," Beddoes said.

"Don't be clever with me," Christina said harshly. "I'm through with all that."

"Waiter!" Beddoes called. "Bring me a whiskey,

Löffel zerstreut in den Teeblättern auf dem Grund ihrer Tasse herum. «Deswegen also das lange und ungefärbte Haar», sagte Beddoes, «nicht wahr?»

«Ja, deswegen.» Christina stocherte weiter in den Teeblättern.

«Und der Nagellack.»

«Jawohl, und der Nagellack.»

«Und der Tee.»

«Jawohl, auch der Tee.»

«Was hast du ihm über Saint Paul de Vence erzählt?»

«Alles.»

«Schau doch endlich von der verdammten Tasse auf!»

Christina legte langsam den Löffel aus der Hand und hob den Kopf. In ihren Augen glänzte es, wenn auch nicht genug um irgendwelche Schlüsse zu erlauben, und ihre Lippen waren zusammengepreßt wie unter einer Anstrengung.

«Was verstehst du unter ‹alles›?» wollte Beddoes wissen.

«Eben alles.»

«Warum?»

«Weil ich vor ihm nichts zu verbergen brauche.»

«Wie lange kennst du ihn schon?»

«Du hast es doch gehört», antwortete Christina. «Seit drei Wochen. Einer meiner Freunde in New York hat ihn gebeten, mich aufzusuchen.»

«Was hast du vor mit ihm?»

Christina sah ihm fest in die Augen. «Ich heirate ihn nächste Woche und gehe mit ihm nach Seattle zurück.»

«Und in drei Jahren kommst du auf sechs Wochen im Sommer hierher, weil die Leute im Sommer nicht so leicht krank werden», sagte Beddoes.

«Genau.»

«Und das findest du in Ordnung?»

«Jawohl.»

«Das hat zu herausfordernd geklungen, um wahr zu sein», sagte Beddoes.

«Komm mir nicht auf die geistreiche Tour», sagte Christina schroff. «Ich habe das alles satt.»

«Herr Ober!» rief Beddoes. «Bringen Sie mir einen Whisky,

please." He said it in English, because for the moment he had forgotten where he was. "And you," he said to Christina. "For the love of God, have a drink."

"Another tea," Christina said.

"Yes, Madame," said the waiter, and went off.

"Will you answer some questions?" Beddoes asked.

"Yes."

"Do I rate straight answers?"

"Yes."

Beddoes took a deep breath and looked through the window. A man in a raincoat was walking past, reading a newspaper and shaking his head.

"All right," Beddoes said. "What's so great about him?"

"What can I be expected to say to that?" Christina asked. "He's a gentle, good, useful man. And now what do you know?"

"What else?"

"And he loves me." She said it in a low voice. In all the time they'd been together, Beddoes hadn't heard her use the word before. "He loves me," Christina repeated flatly.

"I saw," said Beddoes. "Immoderately."

"Immoderately," Christina said.

"Now let me ask another question," Beddoes said. "Would you like to get up from this table and go off with me tonight?"

Christina pushed her cup away, turning it thoughtfully. "Yes," she said.

"But you won't," said Beddoes.

"No."

"Why not?"

"Let's talk about something else," said Christina. "Where're you going on your next trip? Kenya? Bonn? Tokyo?"

"Why not?"

"Because I'm tired of people like you," Christina said clearly. "I'm tired of correspondents and pilots

bitte.» Er sagte es auf englisch, weil er im Augenblick vergessen hatte, wo er war. «Und du», setzte er an Christina gewandt hinzu, «trinkst jetzt etwas Anständiges in Gottes Namen.»

«Noch einen Tee», sagte Christina.

«Jawohl, Madame», sagte der Kellner und ging.

«Beantwortest du mir ein paar Fragen?» fragte Beddoes.

«Ja.»

«Bekomme ich klipp und klare Antworten?»

«Ja.»

Beddoes holte tief Luft und blickte durch das Fenster. Ein Mann im Regenmantel, der gerade vorüberging, las in einer Zeitung und schüttelte den Kopf.

«Also gut», begann Beddoes. «Was findest du an ihm so großartig?»

«Was soll ich darauf antworten?» fragte Christina. «Er ist ein feiner, guter und tüchtiger Mensch. Bist du jetzt klüger als vorher?»

«Sonst noch was?»

«Ja, er liebt mich.» Sie sagte es mit leiser Stimme. In der ganzen Zeit ihres Zusammenlebens hatte Beddoes nie dieses Wort von ihr gehört. «Er liebt mich», wiederholte Christina sachlich.

«Das habe ich bemerkt», sagte Beddoes. «Sogar maßlos.»

«Ja, maßlos», bestätigte Christina.

«Dann laß mich jetzt eine andere Frage stellen», fuhr Beddoes fort. «Hättest du Lust, von diesem Tisch aufzustehen und mit mir noch heute abend wegzufahren?»

Christina schob ihre Tasse beiseite und drehte sie nachdenklich im Kreise. «Ja», antwortete sie.

«Aber du tust es nicht», sagte Beddoes.

«Nein.»

«Und warum nicht?»

«Laß uns lieber von was anderem sprechen», sagte Christina. «Wohin geht deine nächste Reise? Kenia? Bonn? Tokio?»

«Sag: warum nicht?»

«Weil ich von Leuten deiner Art genug habe», sagte Christina mit klarer Stimme. «Ich habe genug von Zeitungs-

and promising junior statesmen. I'm tired of all the brilliant young men who are constantly going someplace to report a revolution or negotiate a treaty or die in a war. I'm tired of airports and I'm tired of seeing people off. I'm tired of not being allowed to cry until the plane gets off the ground. I'm tired of being so damned prompt. I'm tired of answering the telephone. I'm tired of all the spoiled, hung-over international darlings. I'm tired of sitting down to dinner with people I used to love and being polite to their Greeks. I'm tired of being handed around the group. I'm tired of being more in love with people than they are with me. That answer your question?"

"More or less," Beddoes said. He was surprised that no one at any of the other tables seemed to be paying any special attention to them.

"When you left for Egypt," Christina went on, her voice level, "I decided. I leaned against that wire fence watching them refuelling all those monstrous planes, with the lights on, and I dried the tears and I decided.

The next time, it was going to be someone who would be shattered when *I* took off."

"And you found him."

"I found him," Christina said flatly. "And I'm not going to shatter him."

Beddoes put out his hands and took hers. They lay limp in his grasp. "Chris . . ." he said. She was looking out the window. She sat there, outlined against the shining dusk beyond the plate glass, scrubbed and youthful and implacable, making him remember, confusedly, the first time he had met her, and all the best girls he had ever known, and what she had looked like next to him in the early-morning autumnal sunlight that streamed, only three months before, into the hotel room in the south, which overlooked the brown minor Alps and the distant sea. Holding

korrespondenten und Piloten und hoffnungsvollen Nachwuchs-
politikern. Ich habe genug von all den brillanten jungen
Männern, die dauernd unterwegs sind, um über eine Revolution zu berichten oder einen Vertrag auszuhandeln oder in
einem Krieg zu sterben. Mir graut davor, auf Flughäfen zu
warten und meinen Freunden nachzuwinken. Ich habe es satt,
nicht weinen zu dürfen, bevor das Flugzeug in der Luft ist. Ich
bin es müde, ständig Verabredungen einhalten oder ans
Telephon rennen zu müssen. Ich bin fertig mit all den
verwöhnten, verkaterten Publikumslieblingen. Ich habe es
satt, mit Leuten essen zu gehen, die ich einmal liebte, und ihren
Freunden schön zu tun. Ich habe es satt, von Hand zu Hand
gereicht zu werden. Und ich habe es satt, jemanden mehr zu
lieben als er mich liebt. Genügt dir diese Antwort?»

«Mehr oder weniger», sagte Beddoes. Er wunderte sich, daß
niemand an einem der anderen Tische besondere Notiz von
ihnen zu nehmen schien.

«Als du nach Ägypten abreistest», fuhr Christina mit
ruhiger Stimme fort, «faßte ich meinen Entschluß. Ich lehnte
mich gegen den Drahtzaun und schaute beim Auftanken der
fliegenden Ungetüme mit ihren aufgeblendeten Scheinwerfern
zu, dann trocknete ich meine Tränen und nahm mir fest vor:
Das nächste Mal wollte ich es sein, die abreiste, und einen
anderen sollte der Abschied treffen.»

«Und den hast du jetzt gefunden.»

«Ich habe ihn gefunden», sagte Christina nüchtern. «Aber
ich möchte ihn lieber schonen.»

Beddoes streckte seine Hände aus und umfaßte die ihren. Sie
lagen schlaff in seinem Griff. «Chris...» sagte er. Sie blickte
zum Fenster hinaus. Wie sie so dasaß, umflossen vom
Dämmerschein, der durch die Fensterscheibe fiel, gepflegt,
jugendlich und unnachgiebig, erinnerte er sich undeutlich an
seine erste Begegnung mit ihr. Er dachte an all die feinen
Mädchen, die er jemals gekannt hatte, und stellte sich vor, wie
Christina neben ihm im Morgenlicht der Herbstsonne ausgesehen hatte, in dem Hotelzimmer da unten im Süden, von dem
man die braunen Alpillen und ganz im Hintergrund das Meer
sehen konnte ; erst drei Monate war es her. Er hielt ihre Hand

her hands, with the familiar touch of the girlish fingers against his, he felt that if he could get her to turn her head everything would be different.

"Chris . . ." he whispered.

But she didn't turn her head. "Write me in Seattle," she said, staring out the window, which was streaked with moisture and in which the lights from within the café and the lights from the restaurant across the street were reflected and magnified and distorted.

Beddoes let her hands go. She didn't bother to move them. They lay before her, with their pale nail polish glistening dully, on the stained wood table. Beddoes stood up. "I'd better go." It was difficult to talk, and his voice sounded strange to him inside his head, and he thought, God, I'm getting senile, I'm tempted to cry in restaurants. "I don't want to wait for the check," he said. "Tell your friend I'm sorry I couldn't join you for dinner and that I apologize for leaving him with the check."

"That's all right," Christina said evenly. "He'll be happy to pay."

Beddoes leaned over and kissed her, first on one cheeck, then on the other. "Goodbye," he said, thinking he was smiling. "In the French style."

He got his coat quickly and went out. He went past the TWA office to the great boulevard and turned the corner, where the veterans had marched a half hour before. He walked blindly toward the Arch, where the laurel leaves of the wreath were already glistening in the evening mist before the tomb and the flame.

He knew that it was a bad night to be alone and that he ought to go in somewhere and telephone and ask someone to have dinner with him. He passed two or three places with telephones, and although he hesitated before each one, he didn't go in. Because there was no one in the whole city he wanted to see that night.

und spürte den vertrauten Druck ihrer mädchenhaften Finger gegen die seinen. Wenn er sie nur dazu bringen könnte, ihren Kopf zu wenden, so würde sich alles wenden.

«Chris . . .» flüsterte er.

Aber sie wandte nicht den Kopf. «Schreib mir nach Seattle», sagte sie und starrte aus dem Fenster, das von feuchten Streifen gezeichnet war und in dem sich die Lichter vom Inneren des Cafés und die vom Restaurant gegenüber vergrößert und verzerrt widerspiegelten.

Beddoes ließ ihre Hände los. Sie machte keine Miene, sie zu bewegen. Sie lagen vor ihr, mit dem blassen, matt glänzenden Nagellack, auf dem gebeizten Holztisch. Beddoes erhob sich. «Es ist besser, ich gehe.» Es fiel ihm schwer zu sprechen, seine Stimme klang ihm sonderbar im Kopf, und er dachte: Mein Gott, ich werde senil, ich verspüre schon die Versuchung, in Restaurants zu weinen. «Ich möchte nicht auf die Rechnung warten», sagte er. «Sag deinem Freund, es tut mir leid, daß ich euch nicht Gesellschaft leisten kann, und er möge entschuldigen, daß ich ihn die Zeche bezahlen lasse.»

«Schon gut», sagte Christina gelassen. «Er wird sie gern bezahlen.»

Beddoes beugte sich vor und küßte sie, erst auf die eine Wange, dann auf die andere. «Leb wohl», sagte er und glaubte dabei zu lächeln. «Auf französische Art.»

Er holte schnell seinen Mantel und ging hinaus. Er ging am TWA-Büro vorbei auf den großen Boulevard und bog um die Ecke, wo vor einer halben Stunde die Veteranen marschiert waren. Er strebte blind dem Arc de Triomphe entgegen, wo die Lorbeerblätter des Kranzes vor dem Grab und der Flamme schon im Abendnebel glänzten.

Er wußte, daß es schlimm sein würde, an diesem Abend allein zu sein. Er sollte irgendwo hineingehen und telephonieren und irgendwen bitten, mit ihm zu essen. Er kam an zwei oder drei Lokalen mit Telephon vorüber, doch obwohl er jedesmal innehielt, trat er nicht ein. Weil es in der ganzen Stadt keinen Menschen gab, den er in dieser Nacht hätte sehen mögen.

It happened to Tom Colwell in the fur department of a big Fifth Avenue store, on a gray afternoon in October.

I am talking about that moment, at once painful and delicious, in the life of almost every man, when his eye happens on a strange woman, and he knows at once, from the warm shock that shoots from his toes to the roots of his hair, that he is looking at his ideal of sexual attraction. To a few happy individuals the event happens when they are still unattached, when it's possible (at least theoretically) for them to pursue the wonder – woo her and win her. To most men it comes as it did to Tom Colwell – too late.

He sat on an angular, fuzzy, green-and-tan couch in the fur-display room, smoking to quiet his hunger as his lunch hour ebbed away. Martha wanted her gray Persian lamb coat brought out of storage, and she had avoided a trip into town by asking Tom to get it.

This was a slip, or at least a relaxation of Martha's usual tactics. She did not customarily allow Tom to go outside his business paths in New York by himself.

Blond, small, and pretty, Martha Colwell somehow felt that her looks were not a match for her husband's. Tom was tall and muscular ; he had a long, square-jawed face, and deep-set blue eyes topped with heavy black brows – craggy brows, the lady authors call them in historical novels. This dashing exterior concealed a really lamblike soul, but Martha felt insecure. By good-humored questions during dinner, she exacted, each day, a moment-to-moment check on all the hours the young attorney spent away from Larchmont. More important, she always managed to be in New York whenever she knew he would have free time in the city.

80
81   Therefore, though Tom was hungry, he felt

Es widerfuhr Tom Colwell in der Pelzabteilung eines großen Kaufhauses der Fifth Avenue, an einem grauen Oktobernachmittag.

Ich spreche von dem schmerzlichen und zugleich köstlichen Augenblick im Leben fast jedes Mannes, wenn sein Blick auf eine fremde Frau fällt und eine warme Wallung von den Zehenspitzen bis zu den Haarwurzeln ihn plötzlich erkennen läßt, daß er sein Ideal sexueller Anziehung vor sich hat. Einige Glückliche erleben dies, wenn sie noch frei und ledig sind, ihnen also wenigstens theoretisch die Möglichkeit offensteht, der Märchenfee zu folgen, sie zu umwerben, zu gewinnen. Für die meisten Männer kommt es, wie für Tom Colwell, zu spät.

Er saß auf einer eckigen, flauschigen, grüngelben Couch im Pelzvorführraum und rauchte, um seinen Hunger zu betäuben, während seine Mittagspause langsam verrann. Martha wollte ihren grauen Persianer von der Aufbewahrung zurückhaben, und sie hatte Tom gebeten, ihn abzuholen, um sich die Fahrt in die Stadt zu ersparen.

Dies war ein Lapsus oder zumindest eine Lockerung in Marthas üblicher Taktik. Für gewöhnlich erlaubte sie es Tom nicht, sich außerhalb seines geschäftlichen Bereiches allein in New York zu bewegen.

Blond, klein und hübsch, hatte Martha Colwell das unbestimmte Gefühl, daß sie es äußerlich mit ihrem Mann nicht aufnehmen konnte. Tom war groß und muskulös; er hatte ein langes kantiges Gesicht und tiefliegende blaue Augen unter schweren schwarzen Brauen – buschigen Augenbrauen, wie es die Verfasserinnen historischer Romane auszudrücken pflegen. Hinter dieser markanten Erscheinung verbarg sich eine wahrhaft lammfromme Seele, doch Martha fühlte sich unsicher. Durch gutgelaunte Fragen beim Abendessen erzwang sie sich jeden Tag eine lückenlose Kontrolle über jede Stunde, die der junge Anwalt außerhalb von Larchmont gewesen war. Mehr noch: sie brachte es stets fertig, in New York zu sein, wenn sie wußte, daß er freie Zeit in der Stadt haben würde.

So kam es, daß sich Tom in der Pelzabteilung trotz seinem

strangely gay in the fur department, a little like a boy playing hooky. He was in a den of femininity. Shoppers and salespeople – all women, some young, some good-looking – strolled to and fro. He was the only man in sight.

A gray-haired saleslady drifted out of a back room, the ticket for Martha's coat in her hand. She minced toward Tom. "I'm so sorry. It seems the coat is up in main storage, tenth floor. I can get it for you in ten minutes."

He was due at the bank in twenty-five minutes, so he resigned himself to returning to work unfed. "I'll wait."

And at that instant, he saw the redhead. She sat in an armchair six feet away. Her chin leaned on a hand which fingered a small necklace.

Tom's weakness for tall redheads was a joke to everyone who knew him – except Martha. A psychoanalyst might have dug out of his infancy an auburn-haired nurse who had fed him some particularly tasty mush, thus imprinting this pattern of loveliness forever on his subconscious. Be that as it may, his first true love, in college, had been red-haired, and so had the infatuations that followed. The decision to propose to Martha had been suspended for a week while Tom fiercely exorcized from his soul his ideal – a red-haired love partner.

This ideal now confronted him in flesh. How could he help staring? The girl maintained in her attitude, as long as she could, the pretense that she was unaware of his glance. Then she reluctantly turned her head with a movement full of slow grace and faced him. That finished Tom. Her eyes seemed to pierce his and set a carillon ringing in his head.

"Delphine!" A brisk, commanding, woman's voice issued from behind a curtain. "Will you show the gray again for Number Twelve?"

Hunger merkwürdig aufgekratzt fühlte, fast wie ein Junge, der die Schule schwänzt. Er befand sich in einer Hochburg der Weiblichkeit. Käuferinnen und Verkäuferinnen, nichts als Frauen, und manche davon jung und hübsch, liefen kreuz und quer. Er war der einzige Mann weit und breit.

Eine grauhaarige Verkäuferin huschte aus einem rückwärtigen Raum heraus, den Abholschein für Marthas Mantel in der Hand. Sie trippelte auf Tom zu. «Es tut mir so leid. Es scheint, der Mantel hängt in der Hauptaufbewahrung im zehnten Stock. Aber Sie könnten ihn in zehn Minuten haben.»

Tom mußte in fünfundzwanzig Minuten in der Bank sein; so fand er sich denn damit ab, mit knurrendem Magen an die Arbeit zurückzukehren. «Ich warte», sagte er.

In diesem Augenblick sah er die Rothaarige. Sie saß in einem Sessel zwei Meter entfernt, das Kinn auf eine Hand gestützt, deren Finger mit einer kleinen Halskette spielten.

Toms Schwäche für hochgewachsene Mädchen mit rötlichen Haaren war für jeden, der ihn kannte, ein Jux – ausgenommen für Martha. Ein Psychoanalytiker hätte aus seiner Kindheit womöglich eine kastanienbraune Kinderschwester ausgegraben, die ihn mit einem besonders leckeren Brei gefüttert und so ihren Typ von Liebreiz für immer seinem Unterbewußtsein aufgeprägt hatte. Sei dem wie es will: seine erste große Liebe, im College, hatte rotes Haar besessen, und daran hatte sich bei allen späteren Affären nichts geändert. Den Entschluß, um Marthas Hand anzuhalten, hatte Tom eine ganze Woche zurückgestellt, um erstmal sein Traumbild – eine rothaarige Partnerin – ingrimmig aus seiner Seele zu verbannen.

Dieses Ideal hatte er nun leibhaftig vor sich. Wie hätte er es nicht anstarren sollen? Das Mädchen hielt in ihrer Haltung, so lang sie konnte, den Schein aufrecht, als bemerkte sie nicht seinen Blick. Dann wandte sie widerwillig, doch in einer Bewegung voll langsamer Anmut den Kopf und sah ihn an. Das gab Tom den Rest. Ihre Augen schienen sich in die seinen zu versenken, und er glaubte, einen Glockenton zu hören.

«Delphine!» ertönte eine energische, befehlsgewohnte Frauenstimme hinter einem Vorhang. «Wollen Sie bitte das Graue nochmal vorführen für Nummer zwölf?»

The girl rose like a queen – like a young queen, summoned by a dry, old minister to a boring duty. Tom stared after her. She left the curtain pulled back a little as she went out. Tom could see past it into another room, lined with long mirrors set at different angles.

A few moments later he saw the redhead's image reflected to him by a chance angling of the mirrors. She wore only brief white silk underwear and sheer stockings. Tom realized in a guilty flash that he was peeping into a dressing room. He wrenched his eyes away instantly, as any gentleman should, but the room swam and his pulse raced, as he conquered the natural impulse to have another look.

A little later the girl reappeared in a form-clinging gray frock. She resumed her place in the armchair, looking more bored than ever.

Tom Colwell rose – mouth dry, head spinning – walked to the girl and stood beside her. "You'll think I'm an idiot," he said in a choked, wavering voice, "or very fresh. I don't care. I must tell you that I think you are the most beautiful girl on earth."

The girl looked displeased at his first words, but she softened and smiled under the impact of the compliment. "Thank you very much." Her voice was low, sweet, and warm – perfectly suited to her looks.

"I – I'm not a wolf," he stammered. "I just wanted to tell you that."

He turned, walked to the couch, and sat again, fixing his glance on the green carpet. A long time went by. The saleslady did not return.

"Are you waiting for something?" asked the pleasant voice.

Tom took this as permission to raise his eyes. "My wife's fur coat."

The redhead was looking at him with amusement. "Mrs. Bulushnik is fond of taking her time."

Das Mädchen erhob sich wie eine Königin – wie eine junge Königin, die von einem vertrockneten alten Minister zu einer lästigen Pflicht gerufen wird. Tom starrte ihr nach. Sie ließ den Vorhang beim Hinausgehen ein wenig geöffnet, und Tom sah daran vorbei in einen anderen Raum, der rings mit hohen, verschieden abgewinkelten Spiegeln ausgestattet war.

Einige Augenblicke später sah er ihr Spiegelbild, wie es ihm eine zufällige Drehstellung der Spiegel zuwarf. Sie trug nur knappe weiße Seidenunterwäsche und hauchdünne Strümpfe. Tom durchzuckte ein Gefühl der Schuld: er spähte ja in eine Umkleidekabine! Sofort riß er seine Augen davon los, wie es jeder Gentleman tun sollte, aber das ganze Zimmer schaukelte und sein Puls jagte, während er die natürliche Regung, einen zweiten Blick zu riskieren, niederrang.

Bald darauf kam das Mädchen in einem hautengen grauen Kleid zurück. Sie setzte sich wieder in den Sessel und sah gelangweilter aus als je zuvor.

Tom Colwell stand auf, mit trockenem Mund und schwindelndem Kopf, ging zu dem Mädchen hinüber und blieb neben ihr stehen. «Sie werden mich für einen Narren halten», sagte er mit erstickter und unsicherer Stimme, «oder für einen frechen Kerl. Es ist mir egal. Aber ich muß Ihnen sagen, daß ich Sie für das schönste Mädchen der Welt halte.»

Das Mädchen schien bei seinen ersten Worten verärgert, dann aber schmolz und lächelte sie unter dem Eindruck des Kompliments. «Vielen Dank.» Ihre Stimme war leise, sanft und warm – sie paßte genau zu ihrem Aussehen.

«Ich – ich bin kein Schürzenjäger», stammelte er. «Ich wollte Ihnen das nur sagen.»

Er drehte sich um, ging zur Couch und setzte sich wieder hin, den Blick auf den grünen Teppich gerichtet. Eine lange Pause trat ein. Die Verkäuferin kam nicht zurück.

«Darf ich fragen – warten Sie auf etwas?» fragte die liebliche Stimme.

Tom sah darin die Erlaubnis, aufzublicken. «Auf den Pelzmantel meiner Frau.»

Die Rothaarige sah ihn belustigt an. «Mrs. Bulushnik läßt sich gern Zeit.»

Suddenly, Tom heard himself saying. "Will you have dinner with me?"

"Certainly not. But thank you." Ice formed swiftly on the words.

"Look," Tom said. "I'm a happily married guy, with a wife and a kid and a fine nine-room house in Larchmont. Everything in my life is just as I want it. My wife is perfect. It happens that I've never seen anything or anyone in the world as beautiful as you. All I want is to have dinner with you, so help me! If I saw a wonderful Rembrandt, though I could never own it, I'd want to spend a couple of hours in its presence."

This may have done it, or it may have been some other miracle-working cause. At any rate, a few hours later, Tom was dining with Delphine Daniels in the Krypton Room of the St. James. The glossy men at near-by tables stared wistfully at Tom's dinner partner. The glossy ladies with them unhappily pretended they couldn' see her.

"The nicest thing about this evening," Tom said, taking a sip of champagne (by no means his first), "and the thing that makes it aesthetic and wonderful and right, is that neither of us has an ulterior motive. I never expect to see you again, and I hope you don't expect to see me."

"Naturally not." The immense brown eyes met his, still holding a look
                                    of friendly amusement.
"It's not my habit to dine with married men."

"I appreciate your generosity. You've given me an aesthetic exierence I'll never forget. You're every bit as beautiful in spirit as you are in – in body, if I may say so." He cleared his throat of a sudden huskiness. "I suppose if the other people in this room knew of our relationship, they would sneer cynically at the whole thing. They'd say it was impossible. They just wouldn't understand."

Plötzlich hörte Tom, wie seine eigene Stimme sagte: «Wollen Sie mit mir zum Abendessen gehen?»

«Nein, bestimmt nicht, haben Sie vielen Dank!» Eine Eisdecke zog sich augenblicklich über den Worten zusammen.

«Sehen Sie», sagte Tom. «Ich bin glücklich verheiratet und habe eine Frau, ein Kind und ein schönes Neunzimmerhaus in Larchmont. Mein ganzes Leben entspricht genau meinen Wünschen. Meine Frau ist tadellos. Aber wie es der Zufall will, sind Sie das schönste Wesen, das ich jemals auf der Welt gesehen habe. Alles was ich will, ist mit Ihnen essen gehen, also helfen Sie mir doch! Wenn ich einen herrlichen Rembrandt zu sehen bekäme, wäre mir sein Anblick ja auch ein paar Stunden wert, obwohl ich das Bild niemals besitzen könnte.»

Dies mochte es bewirkt haben, oder war es ein anderes Wundermittel? Jedenfalls speiste Tom einige Stunden später mit Delphine Daniels im Krypton-Saal im Hotel St. James. Die geschniegelten Herren an den Nachbartischen betrachteten Toms Begleiterin mit schmachtenden Blicken. Die aufgeputzten Damen in ihrer Gesellschaft taten voller Unbehagen so, als ob sie sie nicht sähen.

«Das Schönste an diesem Abend», sagte Tom nach einem Schluck Champagner, der keineswegs sein erster war, «und der Umstand, der ihn zu einem ästhetischen und köstlichen und echten Genuß macht, ist, daß keiner von uns weitere Absichten hat. Ich erwarte nicht, daß wir uns je wiedersehen, und hoffe, daß auch Sie es nicht erwarten.»

«Natürlich nicht.» Die großen braunen Augen begegneten den seinen, noch immer mit einem Ausdruck freundlicher Belustigung. «Es ist nicht meine Gewohnheit, mit verheirateten Männern essen zu gehen.»

«Ich weiß Ihre Großherzigkeit zu schätzen. Sie haben mir ein ästhetisches Erlebnis geschenkt, das ich nie vergessen werde. Sie sind seelisch genauso schön wie Sie es – körperlich sind, wenn ich so sagen darf.» Er räusperte sich in plötzlicher Heiserkeit. «Ich glaube, wenn die anderen Leute in diesem Saal von unserem Verhältnis wüßten, dann würden sie zynisch darüber spotten. Sie würden sagen, das sei unmöglich. Sie würden es einfach nicht verstehen.»

"No, I don't think they would," said Delphine Daniels. "Please pass the zucchini. It's wonderful."

"I love my wife," declared Tom. "She satisfies me in every way. My regard for you is that of a man of fairly sensitive taste for a sunset, a symphony, or a poem. Would you like a little more champagne?"

The girl held out her glass.

The yeasty aroma of the foaming wine drifted to Tom's nostril as he poured. A swirl of golden memories came with it, uninvited and unexpected... The noisy wedding on a small lawn in back of Martha's home in New Rochelle. The honeymoon trip to Cuba. Martha's black lace negligee, like the French engravings of a slightly stodgy, yet somehow charming failure at being naughty; the wine bucket toppled over by a roll of the ship... Ye Gods! How long was it since he had drunk champagne?

"I'm not going to pretend," he spoke aloud, as Delphine Daniels sipped her wine out of the delicate conical glass, "that my wife is as beautiful as you. She isn't. If guys waited to marry until they found girls who looked like you, the birth rate would drop to zero."

"We couldn't have that," said the redhead demurely.

"I'll be in trouble with Martha when I get home," said Tom. "I haven't called her. I'm reconciled to telling an outright lie. But I don't care. This is a once-in-a-lifetime matter. It's a letter from the President. It's Halley's comet crossing the sky."

"You have a poetic nature, do you know that?" replied Delphine Daniels.

"I'm just another mortgage lawyer," Tom answered.

"I don't care what you do. You're poetic at heart. I like you a lot."

88
89
Tom tried to purr, forgetting that his vocal structure was not that of a cat.

«Das glaube ich auch», sagte Delphine Daniels. «Reichen Sie mir bitte die Zucchini! Sie schmecken wunderbar.»

«Ich liebe meine Frau», erklärte Tom. «Sie ist mir absolut recht. Bei Ihnen aber erlebe ich, was ein halbwegs feinsinniger Mann für einen Sonnenuntergang, eine Symphonie oder ein Gedicht empfindet. Noch ein bißchen Champagner?»

Das Mädchen hielt ihr Glas hin.

Das gärige Aroma des schäumenden Weines stieg Tom beim Einschenken in die Nase. Zugleich tauchte ein Wirbel goldener Erinnerungen auf, ganz ungewollt und unerwartet... Die turbulente Hochzeit auf einem kleinen Rasen hinter Marthas Haus in New Rochelle... Die Hochzeitsreise nach Cuba... Marthas schwarzes Spitzennegligé, das nach Art französischer Kupferstiche auf eine etwas plumpe, aber nicht uncharmante Art sündig wirken wollte... Der Weinkübel, der bei einem Ruck des Schiffes umstürzte... Mein Gott! Wie lange hatte er keinen Champagner mehr getrunken?

«Ich will nicht behaupten», sagte er laut, während Delphine aus ihrem geschliffenen Kegelglas nippte, «daß meine Frau so schön ist wie Sie. Das stimmt nicht. Wenn man mit dem Heiraten warten wollte, bis man ein Mächen mit Ihrem Aussehen findet, wäre die Geburtenziffer bald auf Null.»

«So etwas könnte man sich nicht leisten», sagte die Rothaarige geziert.

«Ich werde mit Martha Ärger haben, wenn ich nach Hause komme», sagte Tom. «Ich habe sie nicht angerufen. Es bleibt mir wohl nichts als eine faustdicke Lüge. Aber es ist mir egal. So was erlebt man nur einmal. Es ist wie ein Brief vom Präsidenten der Vereinigten Staaten oder wie die Chance, den Halleyschen Komet am Himmel zu sehen.»

«Sie sind eine poetische Natur, wissen Sie das?» gab Delphine Daniels zurück.

«Ich bin nicht anders als jeder andere Hypothekenanwalt», antwortete Tom.

«Es ist mir gleich, was Sie von Beruf sind. Im Herzen sind Sie poetisch veranlagt. Ich finde Sie sehr sympathisch.»

Tom versuchte zu schnurren, als hätte er die Stimmwerkzeuge einer Katze.

"You remind me of someone I know – of several people," said Delphine Daniels. "The gang where I live – they're wonderful, all of them. Mad, but wonderful. All except the landlady. She's a horror, naturally."

"It's the nature of the beast," said Tom. The rich laughter which greeted the remark delighted him.

Delphine proceeded to describe her abode. It was a brownstone rooming house in the West Fifties, and the inhabitants were mostly young writers, radio actors and actresses, models, and jazz musicians. Delphine sketched the characters of perhaps a dozen inmates of the house.

"Let's go up there," she said at last. "Shall we? You'll love them. And they'll appreciate you."

The suggestion annoyed Tom. He wanted to enjoy his sunset, his symphony, in the romance and privacy of some expensive, darkish night club.

"That'll be pretty dull for you, just going home, won't it?" he protested. "I was thinking of catching the show at the Copa – perhaps going to the Ferrara for a snack afterward . . ."

"Those places bore me to extinction. The gang up at the house is really alive. Do come."

"Can you just drop in on people unannounced . . ." Toms's voice trailed off at Delphine's merry laughter.

"Unannounced! They'll die when I tell them that. Darling, Grand Central Station is a confessional compared to the old house."

The word "darling" was spoken in tones which people use in other circumstances to say, "My dear sir." But it shook Tom up all the same, issuing from those lips. He paid the check, and meekly escorted his ideal of sexual attraction to a taxi.

When they drew up before the brownstone house, Tom was jarred to realize that the place was obscurely familiar to him. In the course of his work for the bank, arranging mortgages and making inspections for

«Sie erinnern mich an jemand, den ich kenne – das heißt an mehrere Personen», sagte Delphine Daniels. «An die Clique, mit der ich zusammen wohne. Sie sind wundervoll, einer wie der andere. Verrückt, aber wundervoll. Alle außer der Hauswirtin. Die ist freilich ein Ekel.»

«Bestie bleibt Bestie», sagte Tom. Das melodische Lachen, mit dem die Bemerkung belohnt wurde, entzückte ihn.

Delphine ging dazu über, ihre Behausung zu beschreiben. Sie wohnte in einem Backsteingebäude, einem Appartementhaus im Westen zwischen der 50. und 60. Straße, und die Bewohner waren zumeist junge Autoren, Hörspielsprecher, Photomodelle und Jazzmusiker. Delphine skizzierte die Eigenarten von vielleicht einem Dutzend ihrer Mitbewohner.

«Gehen wir hin!» sagte sie schließlich. «Wollen wir? Die gefallen Ihnen. Und sie werden sich über Ihren Besuch freuen.»

Der Vorschlag verstimmte Tom. Er wollte seinen Sonnenuntergang, seine Symphonie, lieber in der holden Atmosphäre eines teuren, schummerigen Nachtklubs genießen.

«Das wäre doch recht langweilig für Sie, jetzt schon heimzugehen», entgegnete er. «Ich habe mir gedacht, wir schauen uns das Programm in der Copa-Bar an . . . und dann gehen wir vielleicht zu einem Imbiß ins Ferrara . . .»

«Diese Lokale langweilen mich zu Tode. Die Clique bei mir zu Hause ist doch wenigstens lebendig. So kommen Sie doch!»

«Kann man denn einfach so unangemeldet . . .» Toms Stimme erstarb in Delphines fröhlichem Lachen.

«Unangemeldet! Die lachen sich tot, wenn ich ihnen das erzähle. Darling, der Hauptbahnhof ist ein Beichtstuhl gegen unsere alte Bude.»

Das Wort Darling fiel in einem Ton, in dem man sonst «Lieber Herr Soundso» sagt. Doch von solchen Lippen gesprochen, durchfuhr es Tom bis ins Mark. Er zahlte die Rechnung und geleitete sein Ideal sexueller Anziehung gefügig zu einem Taxi.

Als sie vor dem Backsteinhaus anhielten, war Tom unangenehm berührt. Die Gegend kam ihm irgendwie bekannt vor. Seit er im Auftrag der Bank Hypotheken vermittelte oder vor Verfallserklärungen Inspektionen durchführte, hatte er schon

foreclosures, he had visited hundreds of Manhattan properties; and he had an inkling that this might be one of them. But he was not sure. He looked carefully for the number of the house, but, as usual with these old places, it was invisible.

"Let's see if the Corpens are here," said Delphine at the first landing. "They're crazy, but such fun!"

She rapped at a dusty door. There was no answer from the Corpens, a delightful couple whom Delphine had described at length: the male, a gag writer; the female, a poetess.

"Shucks," said Delphine. "I forgot that Hilary's program is on tonight."

She went to another door on which was tacked a blue card hand-printed in pink letters: "Geoffrey Dulcimer, Personalized Photography."

"His real name's Fred Smith," she said, "Isn't that 'Dulcimer' a scream? He'd probably strike you as a little queer at first, but he's really the cleverest – well, *he* isn't here."

She looked around the hallway. There was no light under any of the doors. "Gang's deserted us tonight," she said. "Well, come on up. They'll all drift in later on."

The stairs were steep. Tom was treated to a display of Delphine's shimmering limbs. They were unquestionably the most elegantly shaped legs he had ever seen – wonders of natural sculpture.

Delphine inserted a key in a door and bestowed a smile on Tom which, in the poor light of the single hallway bulb, seemed plain, beckoning witchery. She opened the door.

"Well, where in hell have you been? I'm starved," said a cultivated baritone voice from within.

"You poor darling," said Delphine contritely, "Haven't you eaten anything at all? Come in, Mr. Colwell."

Tom advanced into a brightly lighted, slovenly

Hunderte von Anwesen in Manhattan besucht; und nun beschlich ihn das unbestimmte Gefühl, daß dieses Haus eines davon sein könnte. Allerdings war er sich nicht sicher. Er suchte sorgfältig nach der Hausnummer, aber sie war, wie so oft bei diesen alten Gebäuden, nirgends zu sehen.

«Sehen wir mal nach, ob Corpens da sind», sagte Delphine auf dem ersten Treppenabsatz. «Sie spielen immer verrückt, sind aber richtig amüsant!»

Sie klopfte an eine staubige Tür. Corpens antworteten nicht; Delphine hatte das reizende Ehepaar ausführlich beschrieben: er ein Kabarett-Texter, sie eine Dichterin.

«Quatsch», sagte Delphine. «Ich hatte ganz vergessen, daß Hilarys Programm heute aufgeführt wird.»

Sie trat an eine andere Tür, an die eine blaue Karte mit handgeschriebenen rosa Druckbuchstaben geheftet war: «Geoffrey Dulcimer, Kunstportrait-Studio.»

«Sein wirklicher Name ist Fred Smith», sagte sie. «Ist das ‹Dulcimer› nicht zum Schreien? Er würde Ihnen zunächst wahrscheinlich ein bißchen komisch vorkommen, aber in Wirklichkeit ist er der Gescheiteste – na, er ist auch nicht da.»

Sie sah sich im Treppenflur um. Unter keiner Tür war Licht. «Die Clique läßt uns heute abend im Stich», sagte sie. «Nun, dann kommen Sie mit nach oben! Sie werden alle später noch eintrudeln.»

Die Treppe war steil, was Tom den optischen Genuß von Delphines schimmernden Beinen verschaffte. Es waren zweifellos die rassigsten Beine, die er je gesehen hatte – Wunderwerke der Natur.

Delphine steckte einen Schlüssel in ein Türschloß und schenkte Tom ein Lächeln, das ihn im trüben Schein der Treppenbeleuchtung geradezu verhexte. Sie öffnete die Tür.

«Hallo, wo zum Teufel bist du gewesen? Ich bin halb verhungert», ertönte von drinnen eine gepflegte Baritonstimme.

«Du armer Liebling», sagte Delphine zerknirscht, «hast du denn gar nichts gegessen? Kommen Sie herein, Mr. Colwell!»

Tom trat in ein hell erleuchtetes, unaufgeräumtes Zimmer,

room which seemed all lamps, magazines, threadbare armchairs, couches, and porcelain cats.

"Aud, this is Mr. Colwell, who was kind enough to take me to dinner. Mr. Colwell, this is – a friend of mine, Auden Wilkinson."

Tom shook hands with a short, black-haired young man in tweed trousers, moccasins, and a yellow silk undershirt. He saw at a glance that Auden Wilkinson was almost as good-looking as Delphine was beautiful, with this difference – the total effect of his looks was not pleasing. His hair was a touch too black, too curly, and too long. His Esquire-illustration features were white and a little softened with fat. His large, intensely blue eyes had shady puffs under them.

"Excuse my tramplike appearance," he said after welcoming Tom. "Della, where are my button-down shirts? There's nothing in the drawer but those ancient Manhattans."

"Dear, the laundry should have come."

"It didn't. Let's can them and get somebody reliable. Excuse me, folks!"

"Isn't he terrible?" chuckled Delphine, as Wilkinson disappeared into a bedroom. "He's just getting up. He sleeps all day and works all night."

"What does he do?" asked Tom.

"He's an author. Sit down, honey. What'll you drink?"

"Scotch, plain," said Tom.

Delphine raised her eyebrows. "Hm. A *man's* drink." She went behind a screen, and could be heard opening bottles and freeing ice cubes.

Tom pushed aside a magazine and two crumpled Argyle socks from the least cluttered of the armchairs, and sat. "Della," he muttered.

"Della" and "Delphine" was the difference between Miss Daniels looking at him over a champagne glass and Miss Daniels in her habitat. Tom glanced at

das nur aus Lampen, Unterhaltungszeitschriften, abgewetzten Sesseln, Liegesofas und Porzellankatzen zu bestehen schien.

«Aud, das ist Mr. Colwell, der so nett war, mich zum Essen einzuladen. Mr. Colwell, darf ich Ihnen vorstellen: ein – Freund von mir, Auden Wilkinson.»

Tom schüttelte einem kleinen, schwarzhaarigen jungen Mann die Hand, der Tweedhosen, Mokassins und ein gelbseidenes Unterhemd anhatte. Er sah mit einem Blick, daß Auden Wilkinson fast ebenso gut aussah wie Delphine schön war, mit dem einzigen Unterschied, daß der Gesamteindruck kein angenehmer war. Sein Haar war um eine Idee zu schwarz, zu lockig, zu lang. Sein Gesicht vom Typ «Herrenmagazin» war weiß und etwas fettgepolstert. Unter seinen großen tiefblauen Augen waren dunkle Wülste.

«Entschuldigen Sie, daß ich wie ein Landstreicher aussehe», sagte er, nachdem er Tom begrüßt hatte. «Della, wo sind meine Button-down-Hemden? In der Schublade ist nichts außer den altmodischen.»

«Liebling, die Wäsche müßte schon geliefert worden sein.»

«Ist aber nicht. Bestellen wir die Firma ab und gehen wir zu einer, auf die man sich verlassen kann. Entschuldigt mich, Leute!»

«Ist er nicht schrecklich?» gluckste Delphine, während Wilkinson im Schlafzimmer verschwand. «Er steht gerade auf. Er schläft den ganzen Tag und arbeitet die ganze Nacht.»

«Was macht er denn?» fragte Tom.

«Er ist Schriftsteller. Setzen Sie sich, lieber Freund! Was möchten Sie trinken?»

«Scotch pur», sagte Tom.

Delphine hob die Brauen. «Hm! Ein Drink für harte Männer!» Sie ging hinter einen Wandschirm und er hörte, wie sie Flaschen öffnete und Eiswürfel löste.

Tom schob ein Magazin und zwei zerknitterte Schotten-Socken auf dem am wenigsten vollgepackten Sessel beiseite und setzte sich. «Della», murmelte er.

«Della» und «Delphine»: darin lag der ganze Unterschied zwischen Miss Daniels, wie sie ihn über einem Sektglas angesehen hatte, und Miss Daniels in ihrem Zuhause. Tom sah

his watch. If he left in five minutes he could catch the next train. He would tell Martha . . .

"Too strong?"

He looked up. Delphine stood before him in all her poignant loveliness. Her hair gleamed like embers. She was holding out a drink.

"Just right."

He took it and drank half, quickly. Delphine smiled faintly. She sat close to him on a hassock, showing her Praxiteles legs to advantage again.

"Shocked?" she said, taking a sip of her highball.

"Not at all," said Tom, with a good-sport smile.

"I knew you wouldn't be. Some people put out vibrations of sensitivity and intelligence that you can't mistake. Your're my kind of person."

"I was young once," said Tom, heavily but bravely.

"*Once?* You kill me," said Delphine. She glanced sidelong at the closed bedroom door. "Look, darling, if not for Aud our litte meeting might have turned into something troublesome for that wife you love so much – aesthetics or no aesthetics."

Tom finished the drink and decided to miss the next train.

"What does your friend write?"

"Short stories, novels – right now he's finishing up a play."

"Does he publish under his own name?"Tom asked.

"Oh, he hasn't published anything yet. He refuses to."

"*Refuses* to?"

"He says his work doesn't measure up yet to his critical standard. He won't show his stuff to anybody. Not even to me. And he's crazy! His writing is masterful. Why, he's got one novel that a book club would snap up."

"How can you know that," Tom inquired, "if he won't show it to you?"

"One night he got drunk and told me the whole

auf seine Uhr. Wenn er in fünf Minuten ginge, bekäme er den nächsten Zug. Er würde Martha erzählen . . .

«Zu stark?»

Er blickte auf. Delphine stand vor ihm in ihrer ganzen herzbewegenden Schönheit. Ihr Haar war wie glühende Asche. Sie hielt ihm ein Glas hin.

«Genau richtig.»

Er nahm es ab und trank es rasch zur Hälfte aus. Delphine lächelte leicht. Sie setzte sich neben ihn auf ein Polster, wobei sie ihre Praxiteles-Beine wieder zur Geltung brachte.

«Schockiert?» fragte sie und nippte an ihrem Whisky-Soda.

«Nicht im geringsten», sagte Tom und lächelte sportlich.

«Ich wußte es ja. Manche Leute senden Wellen des Gefühls und der Intelligenz aus, in denen man sich nicht so leicht täuscht. Sie sind mein Typ.»

«Ich war auch mal jung», sagte Tom schwerfällig aber tapfer.

«Auch mal? Daß ich nicht lache!» sagte Delphine. Sie warf einen Seitenblick auf die verschlossene Schlafzimmertür. «Glauben Sie mir, Darling, wenn Aud nicht gewesen wäre, hätte unser kleines Stelldichein für Ihre so heißgeliebte Frau ziemlich übel ausgehen können – ästhetisch hin, ästhetisch her.»

Tom trank aus und beschloß, den nächsten Zug zu versäumen.

«Was schreibt denn Ihr Freund?»

«Kurzgeschichten, Romane – im Augenblick wird er mit einem Theaterstück fertig.»

«Schreibt er unter seinem richtigen Namen?» fragte Tom.

«Oh, bis jetzt hat er noch nichts veröffentlicht. Er weigert sich.»

«Weigert sich?»

«Er sagt, sein Werk hält seiner eigenen Kritik noch nicht stand. Er zeigt seine Sachen niemandem, nicht einmal mir. Und das ist verrückt von ihm. Er schreibt nämlich meisterhaft. Er hat sogar einen Roman, um den sich ein Buchklub reißen würde.»

«Wie können Sie das wissen», fragte Tom, «wenn er Ihnen das Buch nicht zeigt?»

«Neulich am Abend betrank er sich und erzählte mir die

story. It's about Southern degenerates. He's another William Faulkner – with more imagination."

"That's wonderful," said Tom. "But there's the question of making a living until his work measures up to his critical standards..."

"Believe me, it's a problem." A shadow crossed her countenance, then quickly faded. "But I believe in him. He needs that."

Auden Wilkinson entered the room, fully dressed in luxurious tweeds, snowy shirt, and soft green-wool tie. He carried a new, dark-green porkpie hat. "Let me have ten dollars, pooch," he said.

"You're not going out!"

"Don't want to horn in on your evening," said Wilkinson affably.

"Don't be silly, darling. I brought Mr. Colwell up to meet you. He's really our kind of folks."

"Love to stay, but I have a third-act curtain to worry about. I'm going to pace around in the park –"

Delphine stretched out her hands to him. "Please don't go. Tom Colwell's fun. You'd never guess he was a rich lawyer..."

Wilkinson looked at Tom with new interest. "Lawyer?"

"Not such a rich one," said Tom modestly. "Just get by."

The author sat on the arm of a chair near the door. "What do you know about the law of evictions?"

Tom was startled. "A little," he said. "It happens to be related to my field."

"Good. Perhaps you'll give a little professional advice on a friendly basis. What chance has a land-lady of evicting a party whose rent hasn't been paid for two months if she has an ironclad assurance of getting her money inside of a week?"

"Well" – Tom was feeling less and less comfortable, but the gears in his professional mind meshed,
99 and whirred, and dropped out a decision – "If the

ganze Geschichte. Sie handelt von einer heruntergekommenen Familie in den Südstaaten. Er ist ein zweiter William Faulkner – nur mit noch mehr Phantasie.»

«Fabelhaft», sagte Tom. «Aber wie steht's mit seinem Lebensunterhalt, bis sein Werk einmal seiner Kritik standhalten kann ...»

«Sie dürfen mir glauben, das ist ein Problem.» Ein Schatten huschte über ihr Gesicht, um sich rasch zu verflüchtigen. «Aber ich glaube an ihn. Das braucht er nämlich.»

Auden Wilkinson trat ins Zimmer, komplett angezogen mit feinstem Tweed, schneeweißem Hemd und weicher grüner Woll-Krawatte. Er hielt einen neuen, dunkelgrünen Schlapphut in der Hand. «Gib mir zehn Dollar, Pudelchen», sagte er.

«Du willst doch nicht etwa ausgehen!»

«Meinst du, ich möchte in euren schönen Abend hineinplatzen?» sagte Wilkinson manierlich.

«Sei nicht albern, Liebling. Ich habe Mr. Colwell mitgebracht, damit er dich kennenlernt. Er paßt genau zu uns.»

«Ich bliebe gern da, aber ich muß mir den Schluß vom dritten Akt ausdenken. Ich laufe ein bißchen im Park herum ...»

Delphine streckte die Hände nach ihm aus. «Bitte geh nicht! Tom Colwell ist prima. Du würdest niemals erraten, daß er ein reicher Rechtsanwalt ist ...»

Wilkinson sah Tom mit neuen Augen an. «Rechtsanwalt?»

«Nicht soweit her mit dem Reichtum», sagte Tom bescheiden. «Zum Auskommen reicht's.»

Der Autor setzte sich auf eine Sessellehne neben der Tür. «Was wissen Sie vom Zwangsräumungsgesetz?»

Tom war verblüfft. «Ein bißchen», sagte er. «Es hat zufällig etwas mit meinem Gebiet zu tun.»

«Fein. Vielleicht können Sie mir einen kleinen Sachverständigenrat auf Freundschaftsbasis geben. Kann eine Hausbesitzerin einen Mieter, der zwei Monate keine Miete gezahlt hat, an die Luft setzen, wenn sie eine hundertprozentige Versicherung hat, ihr Geld innerhalb einer Woche zu bekommen?»

«Tja» – Tom wurde es immer unbehaglicher, aber das Getriebe in seinem Spezialistengehirn griff ineinander, surrte und spuckte eine Entscheidung aus – «Wenn die Versicherung

assurance were really ironclad, I think the court would grant a stay of eviction for a week."

"I told you," said Wilkinson triumphantly to Delphine. "We haven't a thing to worry about."

"I don't mean to pry," said Tom, "but maybe you'd better give me the facts of the case before you rely on my say-so."

"I appreciate your interest. Obviously I'm talking about us." Wilkinson's voice was intimate.

"So I gathered. What is the ironclad assurance you mentioned?"

"Simply that on Friday I'll collect an advance on a play," said Wilkinson. "Five hundred dollars. The back rent amounts to the staggering sum of eighty-eight dollars and fifty cents."

"Have you a written contract guaranteeing payment of that advance?"

"Sort of an oral agreement. I could scarcely have a written contract when I haven't finished the play."

"May I ask how much of it is done?"

"If you mean the dialogue," said Wilkinson, with a sort of pitying emphasis on the word, to imply a gulf of understanding between the lawyer and himself, "I haven't written a line of dialogue."

Tom blinked and looked from the author to Delphine. The girl, not in the least perturbed, smiled at him.

Wilkinson said, "Of course, not knowing much about writing, that would surprise you. I've been mulling over the play for a year. I'm starting the dialogue tomorrow."

"But how does the producer —" Tom began.

"I ad-libbed the play to him two weeks ago at a party. He said he's dying to see it. He's one of the biggest in town. I'd tell you his name except that those things are never mentioned until everything's signed."

"And *that's* the ironclad assurance?"

wirklich hundertprozentig ist, so würde das Gericht wohl eine Woche Aufschub bewilligen.»

«Was habe ich gesagt?» sagte Wilkinson triumphierend zu Delphine. «Wir haben gar nichts zu befürchten.»

«Ich möchte nicht indiskret sein», sagte Tom, «aber vielleicht legen Sie mir besser den Fall dar, bevor Sie sich auf meine Auskunft verlassen.»

«Ich weiß Ihr Interesse zu schätzen. Ich spreche natürlich über uns selbst», antwortete Wilkinson streng vertraulich.

«Das dachte ich mir. Aber was ist die hundertprozentige Versicherung, die Sie erwähnten?»

«Ganz einfach: am Freitag hole ich mir einen Vorschuß auf mein Stück», sagte Wilkinson. «Fünfhundert Dollar. Der Mietrückstand beläuft sich auf die schwindelerregende Summe von achtundachtzig Dollar und fünf Cents.»

«Haben Sie einen schriftlichen Vertrag, der Ihnen die Auszahlung dieses Vorschusses garantiert?»

«Eine Art mündliche Vereinbarung. Einen Vertrag kann ich kaum haben, solange ich mit dem Stück nicht fertig bin.»

«Darf ich fragen, wieviel davon fertig ist?»

«Wenn Sie den Dialog meinen», sagte Wilkinson mit einer mitleidigen Betonung des Wortes, um die geistige Kluft zwischen dem Anwalt und sich selbst anzudeuten, «so habe ich davon noch keine Zeile geschrieben.»

Tom blinzelte mit den Augen und blickte vom Autor zu Delphine. Das Mädchen lächelte ihn an, ohne auch nur im geringsten aus der Fassung zu geraten.

«Natürlich», fuhr Wilkinson fort, «wenn Sie nicht viel vom Schreiben verstehen, mag Sie das überraschen. Ich habe ein Jahr lang über das Stück nachgedacht. Morgen beginne ich mit dem Dialog.»

«Aber wie kann denn der Regisseur...» fing Tom an.

«Ich habe ihm das Stück vor vierzehn Tagen auf einer Party vorimprovisiert. Er sagte, er brenne darauf, es zu sehen. Er ist einer der größten hier in der Stadt. Ich könnte Ihnen seinen Namen nennen, nur werden derlei Dinge nie ausgeplaudert, ehe alles unterzeichnet ist.»

«Und das ist also Ihre hundertprozentige Versicherung?»

"What more do you want? You sound like the landlady."

Tom stared at the handsome, petulant face. He wondered dizzily how an intelligent girl like Delphine could have become involved with such a maggot. He turned to her. "Delphine," he said, "I have very little doubt that you're going to be evicted."

"Nor have I," she said mournfully. "I never knew a creative artist who wasn't a hopeless optimist."

"All right," Wilkinson's voice was eager. "I admit I'm a little sanguine about my speed of execution, Tom. I've always been a perfectionist, and I won't let the manuscript out of my hands till it's flawless. It may take two weeks, or even three. So what? I'll get that advance eventually. But is it fair to Delphine to throw her out on the street because she's had faith in my work and spent every dollar she's made to keep us going?"

It was on the tip of Tom Colwell's tongue to offer a loan of ninety dollars. But he was uncertain whether to address the offer to Wilkinson, the head of the ménage, or to Delphine, his point of contact. He glanced from one to the other and was struck by the fact that they wore identical expressions of confident, begging hope.

Sudden anger flashed through Tom. Now he saw himself as he must have seemed to Delphine – a stupid, well-heeled bourgeois, to be tolerated for an evening on the chance of bringing him within range of Wilkinson's smooth borrowing tactics. "I wish I could help," he said, looking the author in the face. "But I support a family in my drudging fashion, and I have my own rent to pay."

Wilkinson was annoyed, but he recovered quickly.

"My dear fellow, I'm afraid there are very few people I'd permit to help me, and you're certainly not one of them." He began fumbling in Delphine's purse. "It happens that my good friend John Stein-

«Was wollen Sie denn mehr? Sie reden ja wie unsere Vermieterin.»

Tom starrte in das hübsche, gereizte Gesicht. Er fragte sich benommen, wie sich ein intelligentes Mädchen wie Delphine mit so einer Speckmade hatte einlassen können. Er wandte sich ihr zu. «Delphine», sagte er, «ich bin ziemlich sicher, daß man euch hinauswerfen wird.»

«Ich auch», sagte sie bekümmert. «Ich kenne keinen echten Künstler, der nicht ein hoffnungsloser Optimist wäre.»

«Na schön», eiferte sich Wilkinson. «Zugegeben, ich bin in bezug auf mein Arbeitstempo ein bißchen optimistisch, Tom. Ich bin schon immer ein Gründlichkeitsfanatiker gewesen und ich möchte das Manuskript erst aus der Hand geben, wenn es ausgefeilt ist. Vielleicht dauert es zwei oder auch drei Wochen. Was wäre schon dabei? Ich komme schließlich doch zu meinem Vorschuß. Aber ist es fair, Delphine auf die Straße zu setzen, weil sie an meine Arbeit geglaubt hat und jeden verdienten Dollar ausgab, um uns über Wasser zu halten?»

Es lag Tom auf der Zunge, ein Darlehen von neunzig Dollar anzubieten. Aber er war sich nicht sicher, ob er das Angebot an Wilkinson, den Haushaltsvorstand, oder an Delphine, die Kontaktperson, richten sollte. Er blickte von einem zum anderen, und es machte ihn betroffen, in ihren Gesichtern den völlig gleichen Ausdruck zuversichtlicher, flehentlicher Hoffnung zu lesen.

Plötzlicher Zorn flammte in Tom auf. Jetzt sah er sich selbst so, wie Delphine ihn gesehen haben mußte: einen einfältigen, wohlhabenden Spießbürger, den man einen Abend lang in Kauf nehmen mußte, um ihn an Wilkinson und seine gerissene Pumptaktik heranzubringen. «Ich wollte, ich könnte helfen», sagte er und blickte dem Autor ins Gesicht. «Aber ich muß schwer schuften, um meine Familie zu ernähren, und ich habe meine eigene Miete zu bezahlen.»

Wilkinson war verstimmt, aber er fing sich rasch.

«Mein lieber Mann, ich glaube, es gibt sehr wenig Leute, denen ich erlauben würde, mir zu helfen. *Sie* gehören bestimmt nicht dazu.» Er fingerte in Delphines Geldbörse herum. «Es trifft sich gut, daß mein alter Freund John

beck will be in town in a day or so, and that'll be the end of the difficulty." He drew a ten-dollar bill out of the purse, slipped it into his pocket, picked up his hat.

Delphine got to her feet. "Where are you going?" Her voice was strained.

"I've told you, pooch. To think."

"Then why do you need money?"

"Might just want coffee or a pony of brandy if the thoughts don't come."

"Which you'll buy in that little café down the street, no doubt!"

Wilkinson showed all his teeth in a smile. "Take it easy, pooch. Just entertain your pal here, huh?"

He went out, slamming the door.

"I could kill him," said Delphine, gazing at the closed door.

"What's the matter?" said Tom.

"He thinks I don't know! There's a hat-check girl at that café – a droopy, fat little blonde – who's trying to beat my time with him. And he's falling for it, the poor baby!"

Delphine paced up and down nervously. As Tom watched her, a sudden thick rage choked him. This girl had tried to fleece him. Now that she knew he was of no use to her revolting gigolo, he interested her no more than a drugstore messenger.

He walked over and gripped her shoulders. "I can redeem this evening from being an utter waste," he said, "by returning good for evil and telling you something you should be told. You mean nothing to me nor I to you, so I speak without prejudice. Your creative genius, Wilkinson, is a ridiculous little phony, a greasy parasite. He's letting you support him out of sheer laziness, and he's dragging you down to his level. You brought me here tonight to give him a chance to get money out of me..."

She laughed in his face. "Darling, if you knew how many men like you have wanted me, have abused

Steinbeck für ein oder zwei Tage nach New York kommt, das hilft uns aus der Patsche.» Er zog einen Zehndollarschein aus der Börse, steckte ihn in die Tasche und nahm seinen Hut.

Delphine sprang auf. «Wohin gehst du?» fragte sie mit gereizter Stimme.

«Ich sagte es dir doch, Pudelchen. Ich gehe nachdenken.»

«Wozu brauchst du dann das Geld?»

«Vielleicht trinke ich einen Kaffee oder ein Gläschen Brandy, wenn mir nichts einfallen will.»

«Und das bestimmt in dem kleinen Café weiter unten an der Straße!»

Wilkinson lächelte, daß man alle seine Zähne sah. «Kopf hoch, Pudelchen! Widme dich nur deinem Spielkameraden!»

Er ging hinaus und knallte die Tür zu.

«Ich könnte ihn umbringen», sagte Delphine und betrachtete starr die geschlossene Tür.

«Was ist denn los?» fragte Tom.

«Er bildet sich ein, ich weiß von nichts. In dem Café haben sie ein Garderobemädchen, eine tranige, fette kleine Blondine. Die versucht, ihn mir auszuspannen. Und er fällt darauf herein, der dumme Junge!»

Delphine lief nervös hin und her. Während Tom ihr dabei zusah, packte ihn plötzlich blinder Zorn. Dieses Mädchen hatte versucht, ihn auszunehmen. Jetzt, da sie wußte, daß er ihrem ekelhaften Gigolo nicht von Nutzen war, fand sie ihn nicht interessanter als einen Botenjungen.

Er trat ihr in den Weg und faßte sie an den Schultern. «Damit dieser Abend nicht sinnlose Zeitvergeudung ist, vergelte ich jetzt Böses mit Gutem und sage Ihnen etwas, was Sie endlich wissen sollten. Sie bedeuten mir nichts und ich bedeute Ihnen nichts, daher kann ich unvoreingenommen sprechen. Ihr schöpferisches Genie Wilkinson ist ein lächerlicher Gernegroß, ein schmieriger Schmarotzer. Er läßt sich von Ihnen aus reiner Faulheit aushalten und zerrt Sie auf sein Niveau herunter. Sie haben mich hierher gebracht, um ihm eine Gelegenheit zu verschaffen, mir Geld abzuknöpfen . . .»

Sie lachte ihm ins Gesicht. «Darling, wenn Sie wüßten, wie viele Männer von Ihrer Sorte schon hinter mir her waren und

Aud to me that way! You're so pitiful, all of you! You stuffy lawyer! Why shouldn't a great writer like Aud get money from you? What's the difference if your wife has one fur coat less? I'm *proud* to get money for Aud any way I can! Balzac and Poe weren't particular how they got money! Their work was all that mattered! Let go, you're hurting my arms!"

She tried to twist free. Tom shook her. "You're deluded – blind! That fellow is scum, do you hear, scum!"

"You're a liar!" shrieked Delphine. "He's a great man! He's everything I've ever dreamed of! While a million nobodies like you were proposing to me, I was looking for him, waiting for him! The first second I saw him I knew he was the one! I knew it because my spine melted and my blood turned to fire! That's *love, LOVE,* Mr. Aesthetics, something you'll never feel or understand if you live to be a thousand! Get your clammy hands off me!" She wrenched herself free.

The door flew open and slammed shut behind a red-faced Wilkinson.

"Della, she's after me! She's got a cop with her! What do I do?"

"God, sweetheart! I don't know!"

"The fire escape!" said Wilkinson.

"The ladder to the ground is locked too high," cried the girl.

"I can make it up over the roof . . ." Wilkinson ran to the window.

A fist pounded on the door and a female voice shrieked, "You open up, Mr. Wilkinson! We saw you!"

Tom yanked Wilkinson back.

"Take a lawyer's advice, chum," he said. "Don't run from a cop."

The door was suddenly thrown wide. In the doorway stood a thin woman with grayish hair and a palpitating pouch of a double chin. Behind her loomed a policeman.

Aud runtergemacht haben! Erbärmlich seid ihr alle, einer wie der andere! Sie spießiger Rechtsanwalt! Warum sollte ein großer Schriftsteller wie Aud Ihnen kein Geld abknöpfen? Was ist schon, wenn Ihre Frau einen Pelzmantel weniger hat? Ich bin stolz darauf, für Aud auf jede erdenkliche Weise Geld zu ergattern. Balzac und Poe waren auch nicht zimperlich beim Geldnehmen. Einzig ihr Werk war es, worauf es ankam. Lassen Sie meinen Arm los, Sie tun mir weh!»

Sie versuchte sich loszureißen. Tom schüttelte sie. «Sie täuschen sich, Sie sind blind! Der Kerl ist Abschaum, hören Sie!»

«Sie sind ein Lügner!» schrie Delphine. «Er ist ein großer Mann. Er ist alles, was ich je erträumt habe. Während eine Million Nullen wie Sie mich heiraten wollten, suchte ich ihn, wartete ich auf ihn. In der ersten Sekunde, als ich ihn sah, wußte ich, daß er der Richtige war. Ich wußte es, weil mir das Rückgrat schmolz und das Blut zu Feuer wurde. Das ist Liebe, jawohl, Liebe, Sie kleiner Ästhet, etwas, was Sie nie fühlen oder begreifen werden, und wenn Sie tausend Jahre alt werden. Nehmen Sie Ihre ekligen Hände von mir!» Sie riß sich los.

In diesem Augenblick flog die Tür auf; Wilkinson stürzte mit hochrotem Gesicht herein und schlug sie hinter sich zu.

«Della, sie ist hinter mir her! Sie hat einen Polizisten dabei! Was soll ich tun?»

«Um Himmelswillen, Liebling! Ich weiß nicht!»

«Die Feuerleiter!» sagte Wilkinson.

«Der unterste Leiterabschnitt ist zu weit oben abgesperrt», rief das Mädchen.

«Dann schaffe ich es über das Dach...» Wilkinson rannte zum Fenster.

Eine Faust hämmerte an die Tür, und eine Frauenstimme schrie: «Aufmachen, Mr. Wilkinson! Wir haben Sie gesehen.»

Tom riß Wilkinson zurück.

«Mensch, hören Sie auf den Rat eines Anwalts», sagte er. «Rennen Sie nicht vor der Polizei davon!»

Die Tür wurde plötzlich weit aufgestoßen. In der Öffnung stand eine dürre Frau mit graumeliertem Haar und einem wabbelnden Doppelkinn. Hinter ihr tauchte ein Polizeibeamter auf.

"*This* time you'll pay, you good-for-nothing dead beat," squawked the landlady, "or you'll pack up! No more of this running –" Then her eyes fell on Tom Colwell. She put out a hand to steady herself against the doorframe. "Mr. Colwell! Do *you* know these horrible people?"

"It happens," spoke up Wilkinson, "that Tom Colwell is one of my best friends. What of it?"

Tom had recognized the woman at once. She was a grim, miserly old character who was chronically remiss in paying her mortgage installments. She came to his office once or twice a year, plaguing him for extensions, renewals, and interest reductions. The building had been only vaguely familiar to him, but the owner was well known.

The landlady stepped into the room, her eyes gleaming with triumph. The policeman filled the doorway.

Tom took stock of the situation. His ideal of sexual attraction stood at the window, disheveled and distracted, her arms around her own ideal of sexual attraction, glaring defiance at the landlady.

"I'm glad you came, Mrs. Kearns," Tom said. "It simplifies things. I dropped up this evening to help my friends out of their temporary difficulty. What's the figure again?"

He pulled out pen and checkbook, and paid for his aesthetic evening the exact price originally set on it.

Back in Larchmont, Martha Colwell accepted without question her husband's lie about a hurried late trip to Passaic, and a lonely dinner in town. She even sympathized.

Later that night, as she turned out the light over the double bed, she was surprised and delighted by the unusual fervor of Tom's good-night kiss.

Well, well, she thought, as her fingers softly caressed his face. I should let him eat alone in town more often!

«Diesmal werden Sie bezahlen, Sie nichtsnutziger Gauner», kreischte die Hausbesitzerin, «oder Sie packen die Koffer. Schluß mit dem Pump...» Da fiel ihr Blick auf Tom Colwell. Sie streckte eine Hand aus, um sich am Türrahmen festzuhalten. «Mr. Colwell! *Sie* kennen diese grauenhaften Leute?»

«Allerdings», erhob Wilkinson seine Stimme, «Tom Colwell ist einer meiner besten Freunde. Haben Sie etwas dagegen?»

Tom hatte die Frau sofort erkannt. Sie war ein greulicher alter Geizkragen und mit ihren Tilgungsraten in chronischem Rückstand. Ein- oder zweimal im Jahr kam sie in sein Büro und belästigte ihn mit Bitten um Fristverlängerungen, Vertragserneuerungen und Zinsnachlässen. Das Gebäude war ihm nur dunkel in Erinnerung gewesen, aber die Besitzerin war eine gute Bekannte.

Die Frau betrat das Zimmer, mit Augen, in denen der Triumph leuchtete. Der Polizist stand breit in der Tür.

Tom schätzte die Lage ab. Sein Ideal sexueller Anziehung stand zerzaust und verstört am Fenster. Sie hatte die Arme um ihr Ideal sexueller Anziehung gelegt und funkelte die Hausbesitzerin herausfordernd an.

«Ich bin froh, daß Sie gekommen sind, Mrs. Kearns», sagte Tom. «Es vereinfacht die Sache. Ich kam heute abend hier vorbei, um meinen Freunden aus ihrer vorübergehenden Panne zu helfen. Um welchen Betrag handelt es sich doch?»

Er nahm Federhalter und Scheckheft aus der Tasche und zahlte für seinen ästhetischen Abend genau den Preis, der dafür von vornherein festgesetzt war.

Zu Hause in Larchmont schluckte Martha Colwell ohne Zwischenfrage das Märchen von einer abendlichen Blitzreise nach Passaic und einem einsamen Abendessen in der Stadt. Sie zeigte sogar Mitgefühl.

Wenig später in dieser Nacht, als sie das Licht über dem Doppelbett ausknipste, war sie überrascht und beglückt von der ungewöhnlichen Leidenschaft in Toms Gutenachtkuß.

Sieh mal an, dachte sie, während ihre Finger sanft sein Gesicht liebkosten. Ich sollte ihn öfters allein in der Stadt essen lassen.

And now here. Look. Friday 21 January, 6.15 p.m.
The dim, pinkly lit Costa del Sol lounge just off the
main entrance of the Conquistador Motor Inn in
Bethel Park, a suburb twenty miles north of Woodland. A solitary woman at the bar, in a high-necked
but backless dress. A blonde woman. Attractive.
Smoking a cigarette thoughtfully. Not frowning, not
melancholy or troubled, but thoughtful. Mysterious. A woman of substance. Character. Sitting at the
nearly deserted bar, pert and straight-backed and
somehow provocative on one of the little leather
stools, her waist and hips clearly defined in the
clinging black silk dress, her naked back defiantly
white: a woman Edwin Locke has never set eyes on
before, smoking a cigarette languidly and stirring the
ice in her drink.

Look. It is happening as he has planned. As he has
rehearsed.

He enters the lounge hesitantly, almost timidly,
though he knows that his appearance, this evening, is
impressive (a new sports jacket, brown with brass
buttons, and new dark trousers; his most attractive
necktie, a beige knit; his hair freshly cut, shampooed
and blown dry). A few of the patrons glance around,
the bartender gives him an indifferent appraisal, but
the woman does not seem to notice.

Edwin wonders. Is she alone at the Motor Inn? Or
is she simply awaiting a husband or an escort? Or
a lover? Sitting at the bar, waiting for a man. Her
lover, perhaps. A woman like that *would* have a lover.
Lovers.

He sees with a small thrill of excitement that her
left hand is ringless. (She is wearing an oversized
dinner ring on her right hand, possibly a topaz. Is it in
bad taste, or is it merely daring, a flamboyant gesture? It seems clear from the way she plays with the

Also gut. Es ist Freitag der 21. Januar, 18.15 Uhr. Der Schauplatz ist Bethel Park, ein Vorort zwanzig Meilen nördlich von Woodland. Genauer: die in schummriges Rosa getauchte Costa-del-Sol-Bar gleich neben dem Haupteingang zur Hotel-Raststätte «Conquistador». Einsam an der Bartheke, in einem hochgeschlossenen, aber rückenfreien Kleid, sitzt eine Frau. Blond, attraktiv. Sie raucht nachdenklich eine Zigarette. Nicht stirnrunzelnd, traurig oder bekümmert, nur eben nachdenklich. Irgendwie geheimnisvoll. Eine Frau von Format. Eine Persönlichkeit. Die Bar ist fast menschenleer, doch da sitzt sie, selbstbewußt, aufrecht und fast herausfordernd, auf einem der kleinen Lederhocker – Taille und Hüften durch ein hautenges Kleid aus schwarzer Seide betont, der bloße Rücken aufregend weiß: eine Frau, die Edwin Locke nie zuvor gesehen hat. Lässig rauchend stochert sie in den Eiswürfeln ihres Glases.

Also gut. Alles verläuft so wie er es geplant, wie er es geprobt hat.

Er betritt die Bar zögernd, fast schüchtern, obwohl er weiß, daß sein Äußeres heute Eindruck macht (Sportsakko, neu, braun und mit Messingknöpfen, neue dunkle Hose, seine flotteste Krawatte, beige und gewirkt, Haare frisch geschnitten, gewaschen und gefönt).

Einige Gäste sehen sich um, der Barkellner taxiert ihn ohne sonderliches Interesse, aber die Frau bemerkt ihn anscheinend überhaupt nicht.

Edwin wird neugierig: Ist sie allein im Motel? Oder wartet sie auf einen Ehemann oder Begleiter? Oder auf einen Liebhaber? Da sie an der Bar sitzt, wartet sie auf einen Mann. Wohl auf ihren Liebhaber. Eine Frau wie sie hat selbstverständlich einen Liebhaber. Mehrere.

Er sieht mit einem Anflug freudiger Überraschung, daß ihre linke Hand ohne Ring ist. (An der rechten Hand trägt sie einen überdimensionalen Schmuckring, der nach Topas aussieht. Schlechter Geschmack – oder am Ende eine kühne, farbige Geste? Nach der Art, wie sie mit dem Glasstäbchen in ihrem

swizzle stick in her drink that she is an independent, perhaps even a somewhat spoiled woman.) Unmarried. Solitary. Very attractive – very. And so, timidly, and boldly, Edwin Locke approaches the bar. His silly heart is pounding. Veins at his temples are pounding.

The risk of it. Once again. The blind gasping plunge.

Cheerfully he has said to himself, up in the room, dabbing cologne on his throat, his jaw: What can I lose? What can I lose?

Ah, the woman *is* attractive. Heavily but skilfully made up. Sharply defined lips, very red. Stylish hair, wavy, shaved up the back of her slender neck. Tiny gold earrings for pierced ears. A somewhat snubbed nose. And that bare, palely gleaming back, the tiny knuckle-bones of vertebrae, a sight that Edwin finds mesmerizing, as if he had never seen anything like it before.

"Are you ... May I join..."

He swallows his words miserably. So timid! Such a fool! The woman finally looks around, her lips parting damply, in expectation. Her carefully arched eyebrows register a cool, almost contemptuous curiosity. Edwin repeats his question, smiling like an adolescent boy, and the woman stares at him in silence. Her eyes are thickly outlined with black pencil, brightly keen. She is young. Well fairly. A mature woman with a glowing, youthful, sensuous face. It is obvious from the way she sits at the bar, her breasts pressing against the leather rim, that she is a sensuous, experienced woman, a woman of mysterious substance and character. It is obvious that...

Edwin pulls a bar stool over. Sits. Sweating, smiling. He orders a scotch from the bored bartender, who is dressed in a toreador jacket. He asks the woman if she is alone. Or waiting for someone. Alone? Yes. Alone. Asks her what she is drinking. And would she like another. Yes? The lounge is quite

Cocktail rührt, ist sie offenbar eine emanzipierte, vielleicht auch etwas verwöhnte Frau.) Unverheiratet. Einsam. Sehr attraktiv – sehr! Und schon steuert Edwin Locke auf die Bar zu, schüchtern und verwegen zugleich. Wie dumm, dieses Herzklopfen! Und das Pochen in seinen Schläfen!

Das Abenteuer! Es ist wieder so weit: Luft holen – Augen zu – Sprung!

Frohgelaunt hat er sich oben im Zimmer, während er sich Hals und Kinn mit Kölnisch Wasser betupfte, zugeredet: Was kann ich verlieren? Was kann ich schon verlieren?

Olala, die Frau ist aber wirklich attraktiv. Auffallend, aber gekonnt zurechtgemacht. Die Lippen exakt nachgezeichnet, knallrot. Elegant gewelltes Haar, der feine Nacken ausrasiert. Winzige Goldringe in durchstochenen Ohrläppchen. Nase leicht in Richtung Stupsnase. Und dann dieser bloße, matt schimmernde Rücken mit den zarten Erhebungen der Wirbelsäule, ein Bild, das Edwin so in den Bann zieht, als hätte er dergleichen noch nie gesehen.

«Sind Sie . . . Darf ich mich . . . ?»

Die Worte ersterben ihm auf den Lippen. Was für ein schüchterner Narr er doch ist! Die Frau wendet endlich den Kopf, ihre Lippen öffnen sich, feucht schimmernd, erwartungsvoll. Die fein nachgezogenen Augenbrauen heben sich leicht, in kühler, fast geringschätziger Neugier. Edwin wiederholt, wie ein Halbwüchsiger lächelnd, seine Frage, während die Frau ihn schweigend mustert. Ihre Augen sind dick von schwarzem Make-up umrandet, der Blick ist klar, unverwandt. Sie ist jung. Jedenfalls ziemlich. Eine reife Frau mit einem temperamentvollen, jugendlichen, sinnlichen Gesicht. Nach der Art, wie sie an der Theke sitzt und die Brüste gegen die Lederkante drückt, ist es klar, daß sie eine sinnliche, erfahrene Frau ist, eine Frau mit jenem geheimnisvollen gewissen Etwas. Es ist klar, daß . . .

Edwin zieht einen Barhocker heran. Schwitzt und lächelt. Er bestellt bei dem gelangweilten Barkellner in Stierkämpferweste einen Scotch. Er fragt die Frau, ob sie allein ist. Oder auf jemand wartet. Allein? Ja. Allein. Er fragt sie, was sie trinkt. Ob sie gern noch ein Glas hätte. Ja? Das Lokal ist recht

attractive, isn't it. The black leather, the red and pink lampshades. The bull-fighting motif in a bronze bas-relief above the bar. The Conquistador itself is quite attractive, one of the newer motels in this area. The restaurant, they say, is quite adequate. Overpriced (aren't they all) but adequate.

The woman nods but her manner is still somewhat haughty, withdrawn. Edwin tries to think of something to say, to ask. He *could* inquire about her background: is she married, has she ever been married, has she any children, has she been, well, *wounded* by life, as he has? But she is so coolly remote, so tantalizingly distant, Ah, she knows him – she knows how to tease! He hears himself saying something about the weather. Ever since early December it's been so grim and cheerless, hasn't it. And that blizzard on New Year's Day. Funny, as you get older time is supposed to go more rapidly, and in many ways it *does* (now why in Christ's name am I saying this, Edwin wonders in dismay, but cannot stop, and cannot change the subject), but that isn't true of the weather, is it. In fact the winter seems to hang on forever.

"Yes. I suppose so," the woman says neutrally.

What to say? He tries to remember what he has rehearsed. In his imagination the woman was far more acquiescent, her face was turned fully towards him, her lips and eyes melting . . . He fumbles in his pocket for cigarettes. But with an exquisitely casual gesture the woman pushes *her* pack towards him.

"Hey. Thanks. That's very sweet," he whispers.

The woman's smile is wry and knowing. She is not young, nor is she pretty any longer, despite her clever make-up; but Edwin feels almost faint with excitement and apprehension. He leans towards her, smiling. He inhales her perfume with gratitude. Something musky, something very provocative. And the look of her naked back, the tiny bones appearing to shiver slightly beneath the fine, pale envelope of skin.

ansprechend, nicht wahr? Das schwarze Leder, die roten und rosa Lampenschirme. Das Bronzerelief mit dem Stierkampf-Motiv über der Theke. Überhaupt ist Conquistador-Inn recht einladend, eines der neueren Motels in der Gegend. Das Speiserestaurant soll recht ordentlich sein. Zu teuer, wie alle, aber ordentlich.

Die Frau nickt, aber sie wirkt noch etwas von oben herab, distanziert. Edwin überlegt, was er sagen oder fragen soll. Er könnte sie nach ihren Lebensumständen fragen: Ist sie verheiratet? Oder war sie schon einmal verheiratet? Hat sie Kinder? Hat ihr das Leben, wie man sagt, mitgespielt, so wie ihm? Aber sie ist so kühl und fremd, so quälend spröde. Aha, sie durchschaut ihn – sie weiß, wie man jemand auf Touren bringt! Er hört sich selbst irgendwas über das Wetter sagen. Schon seit Anfang Dezember ist es so garstig und trostlos, nicht wahr? Und der Schneesturm am Neujahrstag! Eigenartig: je älter man wird, desto schneller, heißt es, vergeht die Zeit, und in mancher Hinsicht stimmt das auch (warum um Gottes willen sage ich das, fragt sich Edwin entsetzt, doch er kann nicht aufhören oder das Thema wechseln), aber für das Wetter gilt das nicht, oder? Es sieht ja aus, als würde der Winter ewig dauern.

«Ja, kann sein», sagt die Frau teilnahmslos.

Was soll er nur sagen? Er sucht sich in Erinnerung zu rufen, was er sich eingepaukt hat. Er hat sich die Frau anders vorgestellt: viel entgegenkommender, voll auf ihn eingehend, mit schmachtenden Augen und Lippen . . . Er sucht in seiner Tasche nach Zigaretten. Doch mit einer erlesen lässigen Handbewegung hält ihm die Frau ihre eigene Packung hin.

«Oh, danke. Wie lieb von Ihnen!» sagt er leise.

Die Frau lächelt hintergründig und erfahren. Sie ist nicht jung, sie ist auch nicht mehr hübsch, trotz ihres raffinierten Make-up; aber Edwin ist vor banger Erregung fast von Sinnen. Er beugt sich lächelnd zu ihr.

Er atmet genießerisch ihr Parfum ein. Es ist schwer, es ist sehr betörend. Und dazu der Anblick ihres bloßen Rückens, dessen zarte Wirbelknochen unter der feinen milchigen Haut leicht zu beben scheinen!

"You're very . . . You're . . ." He swallows suddenly. Has to fight an impulse to cough, "a very attractive woman. *Very* attractive."

Her nostrils widen as she draws in her breath, considering his remark. Then she says with admirable evenness: "*You're* a very attractive man."

Edwin sips his drink. Says quickly: "As soon as I came in the doorway I noticed you. And wanted you. I mean that – just the way it sounds. I saw you sitting here and I wanted you, just like that. I'm the kind of man who . . . who . . . I'm the kind of man who knows what he likes, in a woman. Who is able to appreciate . . . who is able to appreciate a womanly woman. A woman who knows . . . who knows about certain things. Who isn't coy. Who isn't self-conscious. As soon as I saw you here I *knew*."

The woman laughs lightly, but Edwin can see that he has startled her. "Is that so," she drawls.

"I imagine you know what you want too. In a man. I imagine you aren't shy about . . . about expressing yourself," Edwin says softly.

Half-closes his eyes. Waits. What will happen next, what *should* happen next? He is quite excited. The woman is too, or should be. Sexual tension: unmistakable. The way she is sitting . . . the way she avoids his eye. She *should* be excited. Is. Is excited. Must try to imagine the sensations arising in her, in the pit of her belly, between her thighs, would it be an ache, would it be a nervous tingling feeling, a sense of . . . of yearning . . . ? Yearning to be filled? Completed? By him? By *him*?

He lights a cigarette. Bloody damn nuisance: has to flick the lighter several times before a flame catches. One two three four *five*.

She lifts her glass. Drains it in one long swallow.

"A woman like you, with a . . . a body like yours . . . a mature, sensuous, *knowing* . . ."

"Mature?"

«Sie sind . . . Sie sind . . .» Er verschluckt sich plötzlich, muß einen Hustenreiz niederkämpfen, «eine sehr attraktive Frau. Wirklich sehr attraktiv.»

Ihre Nasenflügel weiten sich, während sie unter dem Eindruck seines Komplimentes einatmet. Dann sagt sie mit bewundernswerter Ruhe: «Und Sie ein sehr attraktiver Mann.»

Edwin nippt an seinem Glas. Dann sagt er schnell: «Gleich als ich zur Tür hereinkam, sind Sie mir aufgefallen – als begehrenswert. Ich meine das – wie ich es sage. Ich sah Sie hier sitzen und begehrte Sie ganz einfach. Ich bin ein Mann, der . . . nun, der weiß, was ihm an einer Frau gefällt. Der einen Sinn hat für . . . echte Weiblichkeit. Ein Gespür für eine Frau, die . . . Bescheid weiß über gewisse Dinge. Eine, die nicht zimperlich ist. Die keine Komplexe hat. Sobald ich Sie hier sah, war mir klar . . .

Die Frau lacht ungezwungen, aber Edwin kann sehen, daß er sie leicht verwirrt hat. «Ist das Ihr Ernst?» fragt sie gedehnt.

«Ich kann mir gut vorstellen, daß auch Sie wissen, was Sie wollen. Bei einem Mann. Ich kann mir vorstellen, daß Sie keinerlei Scheu haben, sich . . . so zu geben, wie Sie sind», sagt Edwin gedämpft.

Er läßt die Lider sinken. Er wartet. Was wird jetzt wohl kommen? Was muß jetzt kommen? Er ist ziemlich erregt. Die Frau ist es auch, müßte es jedenfalls sein. Sexuelle Spannung: unverkennbar! So wie sie dasitzt . . . wie sie seinem Blick ausweicht. Sie muß erregt sein. Klar, sie ist erregt. Er muß versuchen, sich die Empfindungen auszumalen, die jetzt in ihr erwachen, in ihrem Unterleib, zwischen ihren Schenkeln. Ist es mehr ein dumpfer Schmerz? Oder ein nervöses Prickeln, eine Art von Verlangen . . .? Ein Verlangen danach, gefüllt zu werden, erfüllt zu werden? Von ihm, durch ihn?

Er zündet eine Zigarette an. Verdammter Mist: er muß das Feuerzeug mehrere Male knipsen, bevor es aufflammt. Ein, zwei, drei, vier, fünf – na endlich!

Sie hebt ihr Glas und leert es in einem langen Zug.

«Eine Frau wie Sie, mit einem . . . Körper wie dem Ihren . . . reif, sinnlich, wissend . . .»

«Reif?»

"Experienced. Widely and, and variedly . . . and knowledgeably experienced."

The woman considers his words, staring at the glass in her hand. Edwin sees that her fingernails have been painted a dramatic golden-bronze. How odd, how beguiling a colour! He doesn't think he has ever seen it before, close up, on a real woman, a *real* person. "And you," she whispers, "what about you?"

"Me? Oh. Well. *Me*," Edwin says, going blank for a moment. "I am . . . I am the kind of man . . . I am the kind of man, honey, who knows what he likes. I mean I can appreciate . . . I can *see* . . . Well, there are things that another man might not notice, but . . . I have had some interesting experiences with women. Some very, very interesting experiences."

"Have you," she says, a trifle sharply. And then, in a more subdued throaty voice: "Oh. *Have* you."

"And the one thing I learned, the one thing I absolutely learned, was . . . the one thing I am in fact *still* learning . . . is that a woman's sensuality is far deeper and more complex and . . . and astonishing . . . and even alarming . . . than a man's. This is something all men should –"

"Alarming, why? Did you say alarming?"

"Astonishing. Amazing. Just fantastic," Edwin says, shaking his head. "I mean *fantastic*. You know what I mean."

The woman giggles suddenly. "I'm not sure if I do."

"Yes, you do. *You* know."

"Do I?"

"With a, a body like yours . . . Those hips and . . . and breasts . . . Your mouth . . . oh you know, you know," he says, giggling himself, trying hard to resist a sudden spasm of coughing. "I mean it stands out. It announces itself. Why, as soon as I came in the door, the doorway, as soon as my gaze fastened on . . . Well I mean I knew. I just knew. And," he says

«Erfahren, meine ich. Umfassend und vielseitig erfahren . . . bewußt erfahren.»

Die Frau denkt über seine Worte nach, während sie das Glas in ihrer Hand betrachtet. Edwin sieht, daß ihre Fingernägel in einem auffälligen Goldton lackiert sind. Eine seltsame, verführerische Farbe! Ihm scheint, er hat so eine Farbe noch nie gesehen, aus solcher Nähe, an einer wirklichen Frau, einem Wesen aus Fleisch und Blut. «Und wer sind Sie?» flüstert sie. «Sagen Sie etwas über sich selbst!»

«Ich? Oh, Sie meinen mich!» Edwin verliert für einen Augenblick den Faden. «Ich bin . . . ich bin ein Mann . . . ein Mann, mein Kleines, der weiß, was ihm gefällt. Das heißt, ich habe einen Sinn für . . . ich habe einfach Augen im Kopf. Sehen Sie, es gibt da manches, was ein anderer Mann vielleicht gar nicht bemerkt. Ich dagegen habe mit Frauen ein paar interessante Erfahrungen gemacht. Ein paar wirklich sehr interessante Erfahrungen!»

«So?» fragt sie ein wenig scharf. Und dann mit sanfterer und leicht rauchiger Stimme: «Was Sie nicht sagen!»

«Und das eine, was ich dabei gelernt habe, was ich von Grund auf . . . das eine, was ich eigentlich immer noch lerne, ist, daß die Sinnlichkeit einer Frau viel tiefer, komplexer, staunenswerter . . . ja erschreckender ist als die eines Mannes. Dies sollten alle Männer einmal . . .»

«Erschreckend, wieso? Sagten Sie erschreckend?»

«Staunenswert. Verblüffend. Kurz: phantastisch», sagt Edwin und schüttelt den Kopf. «Das ist es: phantastisch. Sie wissen doch, was ich meine.»

Die Frau kichert plötzlich los. «Da bin ich mir nicht sicher.»

«Oh, doch, Sie wissen Bescheid. Sie schon!»

«Wirklich?»

«Mit einem Körper wie dem Ihren . . . mit solchen Hüften und . . . Brüsten. Und Ihrem Mund . . . oh, Sie wissen Bescheid», sagt er mit einem Lachen, das in einem plötzlichen Hustenanfall zu ersticken droht. «Das ist doch nicht zu übersehen. Das läßt sich doch nicht verleugnen. Sehen Sie, gleich als ich zur Tür hereinkam, als von der Tür aus mein Blick . . . Kurz und gut: da wußte ich Bescheid, wußte ich

lowering his voice, trembling, "I wanted you. In that instant."

"Did you. Did you really," the woman says.

"Obviously. Can't you tell."

"Another drink?"

"Yes. Certainly. What time is it?"

"Early."

"Early . . . Fine. Another drink. Two more, in fact. And, then do you think we might, do you think you'd enjoy . . . well, coming upstairs with me?"

"To your room?"

"To my room. Where we can continue our discussion in privacy."

"But we hardly know each other. I don't even know your name."

"Is that important? Are names so important to you?"

She smirks. No, it is a smile, a frightened little smile.

"No. Of course not. You should be able to tell that, just by looking at me," she says slowly, vaguely.

"The room is a very attractive one. In fact it's a honeymoon suite, I believe . . . At a special discount."

"What sort of discount?"

"A sunken bathtub, of marble, an enormous heart-shaped bed, a dozen pillows, a thick plush rug, lamps with shades of pink and scarlet, flowers, fresh flowers, and candles and incense. And on close-circuit television, if we should want it, certain films, certain frankly *erotic* films . . . as the advertising brochure says. But I don't really think, do you, that we will need such things," Edwin says breathlessly.

"Is there music? There must be music," the woman says, blushing faintly.

"I think so. Yes. Piped-in. Throbbing and sensual. Spanish, I think. Spanish flamenco. I think."

"But we don't know each other. We don't know each other's *name*."

Bescheid. Und da», sagt er leiser und fast erschauernd, «wollte ich Sie besitzen. Vom ersten Augenblick an.»

«Wollten Sie das? Wirklich?» sagt die Frau.

«Und ob! Sehen Sie mir das nicht an?»

«Noch ein Glas?»

«Ja, gern. Wie spät ist es?»

«Noch früh.»

«Früh? Na schön. Also noch eins! Das heißt: zwei. Und dann könnten wir eigentlich ... wenn es Ihnen recht ist ... na ja ... zu mir hinaufgehen.»

«Auf Ihr Zimmer?»

«Auf mein Zimmer, wo wir ungestört weitersprechen können.»

«Aber wir kennen uns doch kaum. Ich kenne ja nicht einmal Ihren Namen.»

«Ist das so wichtig? Finden Sie Namen so wichtig?»

Sie lächelt versteckt in sich hinein. Nicht doch, es ist ein ganz normales Lächeln, vielleicht ein bißchen verängstigt.

«Natürlich nicht, das sollte man mir doch ansehen», sagt sie langsam, ausweichend.

«Es ist ein sehr angenehmes Zimmer. Ich glaube, es ist für Hochzeitspaare gedacht. Ein besonders günstiges Angebot.»

«Und was wird alles geboten?»

«Eine vertiefte Badewanne aus Marmor, ein riesiges herzförmiges Bett, ein Dutzend Kopfkissen, ein flauschiger Plüschteppich, rosa und dunkelrote Lampenschirme, Blumen, frische Blumen, Kerzen und Räucherstäbchen. Dazu ein Fernsehschirm, auf dem man ganz nach Belieben gewisse Filme sehen kann – freizügige erotische Filme, wie es in der Werbebroschüre heißt. Ich glaube allerdings nicht, daß wir auf so etwas angewiesen sind», sagt Edwin, außer Atem.

«Gibt es auch Musik? Musik muß dabei sein», sagt die Frau, leicht errötend.

«Ich glaube schon. Jawohl! Über das Zimmerradio. Pulsierend, sinnlich. Spanisch, glaube ich. Spanische Flamencos, glaube ich.»

«Aber wir kennen uns ja gar nicht. Wir kennen uns nicht einmal mit Namen.»

Edwin laughs, raising his glass in a toast. His laughter becomes wheezing but he manages to get it under control. "Name? Why? Such an out-moded convention . . . And you don't look at all like a conventional woman."

"Maybe I'm not. But still."

"Beneath your clothes, for instance."

"Beneath what? Why?"

"In your flesh. In your skin. *There* you aren't a conventional woman, are you? But all women. Sharing in their secrets . . ."

She giggles suddenly. Finishes her drink. "And now," Edwin says. "Now. I think it's about time, don't you?"

"Well –"

"I *think* it's about time we adjourned to room 225."

"Do you have the key?"

"Of course," Edwin says, patting his pocket. The key is attached to an oversized Spanish coin of plastic; he slipped it into his pocket on the way down. But though his fingers fully expect to touch the key they come away baffled. "That is I think . . ."

The woman snatches up her purse. Opens it. Takes out a compact. Dabs at her nose with a powder puff, rather impatiently. "Have you lost the key?" she asks.

"It's here somewhere. It must be," Edwin mutters. He searches the pockets of his sports coat. Odd. Very odd. He tries his trouser pockets. No? But where? *Is* it lost? Did someone pick his pocket on the way down? Or?

"Oh Christ," he says, "I put it in my other coat. I was going to wear my other coat . . . Not that it matters, of course. I can pick another key up at the front desk."

The woman closes her purse with an angry snap. Edwin sees, surprised, that her expression is stiff with

Edwin lacht und hebt sein Glas, wie um anzustoßen. Sein Lachen geht in ein Keuchen über, aber er vermag es unter Kontrolle zu bringen. «Namen? Wozu? Das ist doch nur eine spießige Konvention. Und Sie sehen gar nicht so altmodisch aus.»

«Bin ich vielleicht auch nicht. Aber trotzdem...»

«Sie sind es bestimmt nicht, wenn einmal die Hüllen fallen.»

«Hüllen fallen? Wieso?»

«In Ihrer Nacktheit, meine ich. Da sind Sie bestimmt keine altmodische Frau! Übrigens sind alle Frauen... wenn man ihre Geheimnisse teilt...»

Sie kichert plötzlich und trinkt aus. «Und jetzt», sagt Edwin, «glaube ich, ist es an der Zeit, oder nicht?»

«Ja, aber –»

«Ich glaube, es ist Zeit, daß wir uns auf Nummer 225 zurückziehen.»

«Haben Sie den Schlüssel?»

«Natürlich», sagt Edwin und schlägt auf seine Tasche. Der Schlüssel hängt an einer riesigen Plastikscheibe in Form einer spanischen Münze. Er hat ihn, von oben kommend, in die Tasche gesteckt. Aber so zuversichtlich seine Finger nach dem Schlüssel tasten, sie greifen ins Leere. «Das heißt, ich glaube...»

Die Frau nimmt ihre Handtasche hoch. Öffnet sie. Nimmt eine Puderdose heraus und betupft ihre Nase mit der Puderquaste, ziemlich ungeduldig. «Haben Sie den Schlüssel verloren?» fragt sie.

«Er ist irgendwo hier. Er muß hier sein», murmelt Edwin. Er durchsucht die Taschen seines Sportsakkos. Sonderbar. Höchst sonderbar. Er wühlt in seinen Hosentaschen. Nichts. Aber wo sonst? Hat er ihn tatsächlich verloren? Ist er auf dem Weg herunter bestohlen worden? Oder... «O Gott», sagt er, «ich habe ihn in mein anderes Jakett gesteckt. Richtig, ich wollte erst mein anderes Jakett anziehen... Ist nicht weiter schlimm. Ich kann mir beim Portier einen anderen Schlüssel besorgen.»

Die Frau schnappt mit einer zornigen Geste ihre Handtasche zu. Überrascht blickt Edwin in ihr Gesicht, das starr ist vor

bemused contempt. "Can you?" she whispers. "Can you really?"

"What do you mean? I don't ... I don't understand ..."

"Tonight of all nights. Deliberately. And you're drunk, aren't you. You were drinking before you met me. And you saw to it that I'm drunk. Didn't you. And that tie – the dry cleaner never got that gravy stain out of it, can't you see? Can't you for God's sake *see?* I thought I'd thrown that thing out years ago but somehow you still *have* it, you must have *hoarded* it ..." She begins to cry, her shoulders shaking, her face distorted. "Tonight of all nights. Oh Edwin, *tonight of all nights.*"

"But ... but ... But I can pick up another key at the front desk, can't I?" Edwin asks, astonished.

fassungsloser Verachtung. «Kannst du das?» flüstert sie. «Kannst du das wirklich?»

«Was meinen Sie? Ich ... verstehe nicht ganz...»

«Ausgerechnet heute abend. Wie mit Absicht. Und betrunken bist du auch, nicht wahr? Du hast getrunken, ehe du mir begegnet bist. Und du hattest es darauf abgesehen, daß auch ich mich betrinke. Oder etwa nicht? Und diese Krawatte – mit dem Soßenfleck, der bei der Reinigung nie rausgegangen ist – siehst du nicht? Hast du denn keine Augen? Ich dachte, ich hätte sie damals, vor Jahren, weggetan, aber nun hast du sie immer noch, du mußt sie wie deinen Augapfel gehütet haben.» Sie beginnt zu weinen, ihre Schultern zucken, ihr Gesicht ist verzerrt. «Ausgerechnet heute abend. Oh, Edwin, ausgerechnet heute abend.»

«Aber ... aber ... ich kann doch beim Portier einen anderen Schlüssel holen, oder nicht?» fragt Edwin verwundert.

Meg Campbell:
Just Saying You Love Me Doesn't Make It So

I sat waiting in the deepening November twilight for Jack's return. Embarrassingly enough, it was the high spot of my day. Today the wait seemed longer than usual, and I shifted impatiently on the car seat, trying to push my mind ahead to Jack's arrival. But it kept slithering relentlessly back to Mother's letter.

I was standing in the kitchen this afternoon, skimming through the mail, two bags of groceries still to put away, when a phrase in my mother's letter stopped me. "Remember Lewis Russell?" she wrote. "Well, he and his wife are moving to your area . . ." I stood paralyzed. Being Mother, she rattled on. "I always rather hoped that one day you and Lewis . . ."

Yes, Ma, I know. Same old tune. Haven't been many requests for that one lately, have there? And since Jack and I have been married for almost three years now, don't you think we really might just drop it from the repertoire?

Lewis. Married. Well, of course he's married, dummy; so are you, aren't you? What did you think – that he lighted one white candle for you every cocktail hour?

Maybe not a *white* candle.

Oh, please.

But the truth was, it did surprise me. I visualized Lewis often – too often for any kind of successful resignation – but always as he was during our happy times. For me, he was suspended permanently against the old-gold autumn backdrop of my senior year at college. Behind my eyes I could see him, tall and thin and loose-jointed, scuffing through drifting leaves – his sweater ragged, his head at an arrogant angle, his eyes the same intense blue as the southern sky. It was a time of unbearable riches, a time when I lived so near the surface that the blazing beauty that was

Ich saß in der hereinbrechenden Novemberdämmerung und wartete auf Jacks Rückkehr. Verlegen gestand ich mir ein, daß dies der Höhepunkt meines Tages war. Heute kam mir das Warten länger vor als sonst, und ich rutschte ungeduldig auf dem Autositz hin und her. Ich versuchte, meine Gedanken auf Jacks Ankunft einzustellen, aber sie schweiften unentwegt zum Brief meiner Mutter zurück.

Am Nachmittag hatte ich, in der Küche stehend, die Post überflogen, noch bevor ich meine zwei Einkaufstaschen mit Lebensmitteln ausgepackt hatte. Ein Satz im Brief meiner Mutter ließ mich innehalten. «Erinnerst du dich an Lewis Russel?» schrieb sie. «Er und seine Frau ziehen in eure Gegend...» Ich war wie gelähmt. Wie Mutter nun einmal war, plapperte sie weiter: «Ich hatte immer gehofft, daß Lewis und du einmal...»

Ja, Mutter, ich weiß. Die alte Platte. Lange nicht mehr gefragt gewesen, nicht wahr? Nachdem Jack und ich fast drei Jahre verheiratet sind – wäre es nicht an der Zeit, sie aus dem Programm zu nehmen?

Lewis verheiratet! Natürlich, was sonst? Du bist es ja auch, oder? Was hast du dir vorgestellt? Daß er zu jedem Cocktail eine weiße Kerze für dich anzündet?

Es müßte nicht unbedingt eine weiße sein.

Ach bitte hör auf!

Aber ich war tatsächlich überrascht. Ich dachte oft an Lewis – zu oft, um mir vorzumachen, ich wäre über alles hinweg –, aber immer sah ich ihn so, wie ich ihn aus unseren glücklichen Tagen kannte, vor der rötlich gelben Herbstkulisse meines letzten Collegejahres.

Im Hintergrund meiner Augen hielt sich sein Bild: groß, schlank und schlaksig, durch wirbelndes Laub watend, mit ausgefranstem Pullover, hoch erhobenem Kopf und Augen, die tiefblau wie der südliche Himmel waren. Es war eine Zeit kaum zu verkraftenden Glückes, eine Zeit so großer Erlebnisfülle, daß die leuchtende Schönheit des

a quiet college town in Indian summer kept my eyes stinging with tears.

I had kept that memory cherished behind a pane, but now the pane was shattered. Framed in its shards I saw Lewis' white face and heard his strained voice saying, "You can't do it! You can't! This isn't your decision to make alone!"

And my own voice, brittle and distant: "Well, I have decided. I can't do it your way, Lewis. My God, I hate this too – don't you see that? I just can't do anything else, that's all."

There were quick tears in his eyes; his cheek muscles knotted under the skin. The look of pride and sureness I so loved was gone, leaving a pale and pleading boy, a stranger – and thus easy to withstand when he whispered, not looking at me, "Please, Nan. Please."

"Lewis, no! Now, look, let's not –" Voice of sweet reason.

But suddenly the arrogant look was back and he wheeled on me. "You little bitch!"

He did not touch me, but the force of his anger sent me reeling back, stunned, and I stumbled. He put out a quick hand; then he jerked it back and turned on his heel and walked away through the spinning leaves. I called weakly after him, "Lewis, wait! Lewis?"

He must have heard. I swore to myself later that he must have heard. But he did not turn. Would anything be different if he had? I never knew the answer.

I stood in my tiny, littered kitchen, holding a head of lettuce, turning it in my hands, and suddenly I dug both thumbnails viciously into the crisp green leaves.

"Oh, Lewis," I whispered. "Oh, Lewis."

Jack was striding across the platform, coming toward me. I marveled as always that he could be so like the others – a drab, overcoated figure with a briefcase

ruhigen College-Städtchens im Altweibersommer mich immer wieder zu Tränen rührte.

Ich hegte und pflegte diese Erinnerung wie eine Kostbarkeit in einer Vitrine, doch dann zersprang das Glas. Von ihren Scherben umrahmt, sah ich Lewis' blasses Gesicht und hörte seine bebende Stimme: «Du kannst es nicht tun! Nein! Dies ist nicht eine Entscheidung, die du allein treffen kannst!»

Und meine eigene Stimme, brüchig und wie aus großer Entfernung: «Ich habe mich entschieden. Ich kann dir nicht nachgeben, Lewis. Mein Gott, mir ist es auch zuwider, siehst du das nicht? Mir bleibt nur nichts anderes übrig, das ist alles.»

Tränen traten ihm in die Augen, und seine Kiefermuskeln spannten sich unter der Haut. Der Ausdruck des Stolzes und der Sicherheit, den ich so liebte, war verflogen, übrig blieb ein blasser, bettelnder Junge, ein Fremder, dessen Bitte leicht abzuschlagen war, als er mit abgewandtem Blick flüsterte: «Bitte, Nan, bitte!»

«Nein, Lewis! Sieh, laß uns nicht –» Es war die Stimme bequemer Vernunft, die aus mir sprach.

Aber plötzlich war der herrische Blick wieder da, und er fuhr mich an: «Du bist ein Biest.»

Er faßte mich nicht an, aber die Gewalt seines Zornes ließ mich betäubt zurücktaumeln, und ich stolperte. Er hob mit einer schnellen Bewegung die Hand, riß sie wieder zurück, drehte sich auf dem Absatz und stapfte durch die stiebenden Blätter davon. Ich rief ihm mit matter Stimme nach: «Lewis! Warte doch, Lewis!»

Er mußte mich gehört haben. Ich hätte es später beschwören können. Aber er wandte sich nicht um. Wäre alles anders gekommen, wenn er es getan hätte? Ich fand nie eine Antwort.

Ich stand in meiner kleinen, unaufgeräumten Küche und drehte einen Salatkopf in den Händen, als ich plötzlich beide Daumennägel in das frische Grün der Blätter bohrte. «Oh, Lewis», flüsterte ich, «oh Lewis.»

Jack kam über den Bahnsteig auf mich zu. Wie immer wunderte ich mich, wie sehr er von fern den anderen Männern glich – eine unauffällige Gestalt mit Mantel und Akten-

– and yet as soon as I recognized him, so different. He had such a sturdy, individual walk. He tilted his head to one side and smiled the instant he caught sight of me.

"Hi." I lifted my face for his kiss. It came. On such eternal verities is my security founded.

"Hi, sweets. Slide over."

"Oh, Jack, listen – I'm sorry ; I didn't pick up your suit at the cleaners."

"No big deal."

"Well, I meant to. I just..."

"No points for good intentions!" Seeing my stricken expression, he laughed and said, "I'm just *kidding,* honey!"

"Sorry," I mumbled. "Did you have a good day?"

"Fairly awful. Gloria ... the new girl? She's leaving."

"But you spent all that time breaking her in!"

"Well, but now she's getting married. All starry-eyed, and stuff. I told her she could keep her job – I harbor no prejudices against the married – but her attitude is, she has to move to the sub-urbs, fire off a few kids, do the thing right." He laughed.

"Oh." I thought of Gloria, a girl who knew where her duty lay.

Dinner was late, and nothing to shout about when it came. Jack polished his off with every appearance of sincere relish and asked for more.

"Oh, darling, I *am* sorry ; there's not any left," I said. "This is all I fixed. I thought it would be enough. I really –"

"That's okay. It doesn't matter."

I stood at the sink with my head down, near tears. Jack came and put his arms around me. "Anne," he said gently, "why do you let these things bug you so much? You know they aren't all that important."

"I know, but –"

tasche – und wie anders er wirkte, sobald ich ihn erkannte. Er hatte einen so urwüchsigen, ganz ihm eigenen Gang. Kaum hatte er mich erblickt, legte er den Kopf zur Seite und lächelte.

«Hallo!» Ich hob mein Gesicht für seinen Kuß. Prompt kam er. Das ewige Ritual, aber eine Frau will sich ja sicher fühlen.

«Hallo, Liebling! Rutsch auf die andere Seite!»

«Oh, Jack, hör zu! Es tut mir leid: Ich habe deinen Anzug nicht von der Reinigung geholt.»

«Das spielt doch keine Rolle.»

«Weißt du, ich hatte es vor. Ich habe einfach...»

«Für gute Vorsätze gibt's keine Punkte!» Als er meine betroffene Miene sah, lachte er und sagte: «War nur Spaß, Liebling.»

«Entschuldige», murmelte ich. «Wie war es heute?»

«Recht unerquicklich. Gloria – du weißt: das neue Mädchen – sie will gehen.»

«Aber du hast sie doch erst eingearbeitet!»

«Richtig, aber jetzt heiratet sie. Voller Romantik und Firlefanz. Ich sagte zu ihr, sie könne die Stelle behalten – ich habe keine Vorurteile gegen verheiratete Mitarbeiterinnen – aber sie steht auf dem Standpunkt, daß sie an den Stadtrand ziehen und ein paar Kinder in die Welt setzen muß, sonst wäre es nicht das Richtige.» Er lachte.

«Oh», entfuhr es mir. Gloria, das war noch ein Mädchen, das ihre Pflichten kannte!

Das Abendessen kam mit Verspätung auf den Tisch und war nicht überwältigend. Jack verschlang seine Portion mit allen Anzeichen echten Appetites und bat um mehr.

«Oh, Liebling, es tut mir leid; es ist nichts mehr da», sagte ich. «Das ist alles, was ich zubereitet habe. Ich dachte, es würde reichen. Es tut mir wirklich –»

«Ist schon gut. Es macht doch nichts.»

Ich stand an der Spüle mit gesenktem Kopf, den Tränen nahe. Jack kam und legte seine Arme um mich. «Anne», sagte er zärtlich, «warum läßt du dich durch sowas aus der Fassung bringen? Du weißt doch, daß das überhaupt nicht wichtig ist.»

«Ja, ich weiß, aber –»

"I've been thinking," he went on, smoothing my hair and rocking me a little back and forth. "Sometime we really are going to have to get on with it."

"With what?"

"Oh, young 'uns, suburbia, barbecue grill, PTA. You know – real life." He grinned.

I turned away and began to scatter cleanser on the drainboard. "Like Gloria? Probably. One of these days."

"I just thought you might have been thinking along those lines yourself."

"No, not really. I sort of like us the way we are."

"We do have a good time, don't we?" He kissed my ear and went back to the evening paper.

I scrubbed relentlessly at the drainboard, my mind, like my hand, moving in tight, mechanical circles.

But I did think about it later, lying in bed with Jack breathing peacefully beside me, and I could not account for the feeling of terror that gripped me – a half-dreaming feeling, like coils of rope looping themselves silently around my legs and arms and body until I was rendered entirely immobile. Having children seemed to me to be the most permanent thing in this life, and maybe ... maybe even more irrevocable than a marriage vow.

It was a disloyal thought. I kissed Jack's closed eyes. I do love you, Jack. I do. I swear.

But I lay awake for a long time, staring through the window at the street light, which was diffuse and glowing in an aureole of mist, and thinking, Maybe one of these days ...

I won't run into Lewis, I assured myself. This is too big a town. Still, it was inevitable that I would see him sometime. And in the three weeks after Mother's letter came I had not left the apartment once without applying my eye make-up. I would stare at my face in

«Ich habe nachgedacht», fuhr er fort, während er über meine Haare strich und mich sachte hin- und herwiegte. «Irgendwann müssen wir uns daranmachen.»

«An was?»

«Oh, ich meine Nachwuchs, Draußen-Wohnen, Grillparties, Elternbeirat. Du weißt schon: wirkliches Leben.» Er lächelte gemütlich.

Ich wandte mich ab und begann, Putzpulver auf die Abtropfplatte zu streuen. «Frei nach Gloria? Ausgerechnet! Warum nicht gleich morgen?»

«Ich dachte mir nur, du hättest dir vielleicht auch so etwas durch den Kopf gehen lassen.»

«Nein, eigentlich nicht. Mir ist es recht, wie wir leben.»

«Richtig. Sind wir nicht glücklich miteinander?» Er küßte mein Ohr und vertiefte sich wieder in die Abendzeitung.

Ich schrubbte beharrlich an der Spüle, während sich meine Gedanken, gleich meiner Hand, eng und mechanisch im Kreis bewegten.

Erst später, als ich im Bett lag und Jacks ruhigen Atem neben mir hörte, dachte ich darüber nach und wurde von einem Entsetzen ergriffen, das ich mir selbst nicht erklären konnte – ein halb traumhaftes Gefühl von Fesseln, die sich mir lautlos um Beine, Arme und Körper schlangen, bis ich völlig bewegungsunfähig war. Kinder zu haben erschien mir als das schlechterdings Endgültige in diesem Leben, noch unwiderruflicher als ein Ehegelübde.

Das war ein treuloser Gedanke. Ich küßte Jack auf die Augenlider. Ich liebe dich, Jack. Ich liebe dich wirklich. Ich schwöre es.

Aber ich lag noch lange wach. Ich starrte durch das Fenster auf das im Nebel zerfließende Licht der Straßenbeleuchtung und dachte: Vielleicht schon morgen ...

Ich werde Lewis nicht begegnen, beruhigte ich mich. Dafür ist die Stadt zu groß. Andererseits schien es mir unvermeidlich, daß ich ihn irgendwann einmal doch sehen würde. Und in den drei Wochen nach Mutters Brief hatte ich kein einziges Mal die Wohnung verlassen, ohne mein Augen-Make-up aufzutragen.

the mirror and want to jeer, but I put on the eye make-up anyway.

It was a Thursday afternoon, and I was downtown doing errands. I had just dashed into the branch bank to cash a check. Lewis was standing near the elevator, talking to two men.

I knew it was he before I saw his face : the long, taut line of his body ; the lift of his head. As though he felt my gaze, he turned his head abruptly and looked straight at me.

I sat down in the nearest chair. I just sat there, not thinking, looking ahead, until I felt him cross the room and stand beside me.

"I'll be damned. It *is* you."

"Hello, Lewis."

"I just can't believe this."

"I live here now."

"Do you? I do too. Just moved here, actually. Come and have lunch or a drink, or something."

"I've had lunch, thanks."

"Then you can watch me bolt a sandwich. I'm starving. Come on."

He held the door for me.

Alice, I thought dazedly, going through the looking glass.

He looked only a little different. Better kept, better cared for, scrubbed and brushed. His face in repose still had a rather proud, shut-away look ; but his smile was open and unexpected.

This isn't real, I thought. It doesn't matter what I say, because this isn't really happening ; this is an episode in some soap opera.

"This is no soap opera, honey," an inner voice said snidely ; "this is your life."

Oh, *stop* it.

"Club sandwich," said Lewis to the waitress. "And . . . what? Whisky sour?"

I nodded.

Ich hatte jedesmal mein Gesicht im Spiegel fixiert, wie um mich selbst zu verhöhnen, aber dann hatte ich es doch getan.

Es war ein Donnerstagnachmittag und ich machte Besorgungen in der Stadt. Ich war gerade auf einen Sprung in einer Bankfiliale, um einen Scheck einzulösen, als ich Lewis im Gespräch mit zwei Männern neben dem Lift stehen sah.

Ich wußte, daß er es war, noch ehe ich sein Gesicht zu sehen bekam: Die hohe, straffe Gestalt und der hocherhobene Kopf waren unverkennbar. Als spürte er meinen Blick, wandte er sich plötzlich um und blickte mir ins Gesicht.

Ich ließ mich in den nächsten Sessel fallen. Dort saß ich, gedankenlos vor mich hinstarrend, bis ich merkte, daß er herüberkam und neben mir stand.

«Hol mich der Kuckuck! Bist du es wirklich?

«Hallo, Lewis!»

«Ich kann es einfach nicht glauben.»

«Ich wohne jetzt hier.»

«Tatsächlich? Ich auch. Bin allerdings erst hergezogen. Komm, laß uns was essen oder trinken, irgendwas.»

«Danke, ich habe schon gegessen.»

«Dann leiste mir Gesellschaft, wenn ich ein Sandwich verdrücke. Ich bin halb verhungert. Komm mit!»

Er hielt mir die Tür auf.

Alice im Wunderland, dachte ich benommen, wie sie durch den Spiegel tritt.

Lewis hatte sich kaum verändert. Etwas voller, besser gepflegt, geschrubbt und gebürstet. Sein Gesicht hatte, wenn es sich nicht bewegte, noch immer einen ziemlich stolzen, unnahbaren Ausdruck, aber sein Lächeln wirkte offen und spontan.

Dies alles ist nicht echt, dachte ich. Es spielt keine Rolle, was ich sage, weil es in Wirklichkeit gar nicht stattfindet: es ist eine Szene aus einer Schnulze.

Dies ist keine Schnulze, Mädchen, höhnte eine innere Stimme, es ist dein Leben.

Ach, hör doch auf damit!

«Ein Clubsandwich», bestellte Lewis. «Und . . . was darf's für dich sein? Whisky Zitrone?»

Ich nickte.

"One whisky sour and one bourbon and water. Thank you."

We smiled tentatively at each other.

"You look great," he said.

At least, I thought, I had eye make-up on.

He began eating crackers, ripping them loose from a little cellophane packet, and soon the table was scattered with crumbs.

"So you're married," he said.

"Yes, and you too, huh?"

"Mm-hmm. Aren't you going to eat any of these? You make me look like a glutton. Any children?"

"No. You?"

Brief pause. "No." He hesitated. "It's not –"

"No," I said hurriedly. "Nothing to do with that."

The waitress brought his club sandwich. He picked up one section by its cellophane-swathed toothpick and set it on a napkin in front of me.

"Just one. Be good for you, Nan."

I had to look away. In some history class Lewis had gleaned the fact that Anne Boleyn's nickname had been Nan, and since then he had never called me anything else.

"Sadie, Sadie, married lady." He shook his head, watching me. "So. Are you happy?"

"Yes."

"You like it here in the North?"

"Oh, well..."

"It's not home, is it?"

"No."

"Are you working, or anything?"

"I have a part-time job at a real-estate office three days a week."

"What about your art? Aren't you doing anything with your art?" His tone was so indignant, I had to smile.

"I was never that good, Lewis. Run of the mill, that's all."

«Ein Whisky Zitrone und ein Bourbon mit Wasser. Danke.»
Wir lächelten uns zaghaft zu.

«Du siehst großartig aus», sagte er.

Gut, dachte ich, daß ich wenigstens das Augen-Make-up aufgelegt habe.

Er begann, Kekse zu essen, die er aus einer kleinen Zellophanpackung zupfte, und im Nu war der Tisch mit Krümeln übersät.

«Dann bist du also verheiratet», sagte er.

«Ja, du doch auch, nicht wahr?»

«Hmhm. Möchtest du nicht ein paar davon essen? Ich sehe sonst wie ein Vielfraß aus. Hast du Kinder?»

«Nein, Und du?»

Kurze Pause. «Nein.» Er stockte. «Es hat doch nichts mit . . .»

«Nein», sagte ich eilig. «Es hat nichts damit zu tun.»

Die Bedienung brachte sein Clubsandwich. Er spießte einen Teil davon auf den zellophanumhüllten Zahnstocher und legte ihn vor mich auf eine Serviette.

«Nur dieses Stückchen! Es wird dir gut tun, Nan.»

Ich mußte beiseite blicken. In irgendeiner Geschichtsstunde hatte Lewis aufgeschnappt, daß Anne Boleyn mit ihrem Spitznamen Nan hieß, und seitdem hatte er mich nie anders genannt.

«Jung gefreit, nie bereut.» Er wiegte den Kopf und beobachtete mich dabei. «Bist du glücklich?»

«Ja.»

«Gefällt's dir hier im Norden?»

«Oh ja . . .»

«Aber zuhause ist es eben doch nicht, oder?»

«Das nicht.»

«Bist du berufstätig oder so?»

«Ich habe einen Teilzeitjob in einem Maklerbüro, drei Tage in der Woche.»

«Und was macht die Malerei? Wie? Du machst überhaupt nicht weiter?» Sein Ton war so entrüstet, daß ich lächeln mußte.

«Ich war nie richtig gut, Lewis. Grade für den Hausgebrauch, weiter nichts.»

"Bull," he said firmly. "You were lazy, *that's* all."

I said apologetically, "I keep meaning to get my stuff out again. I'll get around to it sometime."

He made a skeptical face. "You are *worthless* – you know that, girl?"

I leaned back against the padded wall of the booth as he attacked his sandwich, thinking of the energy with which he bent life to fit him and reflecting that I had about as much of that quality myself as a piece of dough.

"What about you?" I said curiously. "Are you happy?"

"Yep," he said easily. "I sure am."

"Your wife – what's she like?"

"Oh, blond, little . . " He smiled. "Determined type – you know?"

I could aim nothing but uncharitable thoughts in her direction.

"It's good to see you again," I said, watching him.

"Been a long time, hasn't it?" His face was suddenly serious. "I wondered about you a lot."

"Did you?" I was touched.

He wasn't looking at me. "Wondered what the little kid would have been like, too, sometimes."

"Lewis, my God." My stomach clenched in pain. "Don't!"

"Sorry." He looked up in faint surprise and smiled. "I didn't mean to be maudlin at lunch. Okay?"

He seemed so incredibly relaxed, at ease. I gave the barest of nods and said almost inaudibly, "Lewis – I'm really sorry about – about . . . ."

"You ought to be," he said calmly. "You little idiot."

"You're so *casual.*"

"I was upset enough about it at the time, I promise you. It happened. And it hurt. But now" – he gave the ghost of a shrug – "it's over." He made an involuntary gesture of pushing something away. "Life

«Quatsch!» sagte er fest. «Faul warst du, weiter nichts.»

Ich antwortete kleinlaut: «Ich nehme mir immer mal vor, mein Malzeug auszupacken. Irgendwann werde ich schon dazukommen.»

Er machte ein skeptisches Gesicht. «Du hast eben keinen Auftrieb, weißt du, Mädchen?»

Ich lehnte mich gegen die gepolsterte Trennwand, während er in sein Sandwich biß. Ich dachte an die Kraft, mit der er sich das Leben zurechtschmiedete, und kam mir dagegen wie ein träger Teigkloß vor.

«Und wie geht's dir? fragte ich neugierig. «Bist du glücklich?»

«Aber ja», sagte er ungezwungen, «Und ob!»

«Und deine Frau – wie ist sie?»

«Oh, blond, klein...» Er lächelte. «Eine, die weiß, was sie will, verstehst du?»

Ich brachte nur feindselige Empfindungen für sie zustande.

«Schön, dich wiederzusehen», sagte ich und sah ihn dabei an.

«Ist eine ganze Weile her, nicht wahr?» Sein Gesicht wurde plötzlich ernst. «Ich habe viel über dich nachgedacht.»

«Wirklich?» fragte ich gerührt.

Er sah mich nicht an. «Manchmal habe ich mich auch gefragt, wie unser Kind ausgesehen hätte.»

«Lewis, mein Gott!» Mein Magen krampfte sich zusammen. «Sei still!»

«Verzeih!» Er sah etwas überrascht auf und lächelte. «Man soll beim Essen nicht sentimental sein. Geht's jetzt wieder?»

Ich fand ihn unglaublich entspannt, schwerelos. Ich nickte ein klein wenig und sagte kaum hörbar: «Lewis – ich bin wirklich traurig wegen der Sache damals...»

«Das sollst du auch sein», sagte er ruhig. «Du kleiner Dummkopf!»

«Du bist so gelassen.»

«Damals war ich ganz schön durcheinander, das kannst du mir glauben. Es ist passiert und es hat weh getan. Aber jetzt» – er zuckte kaum merklich die Achseln – «ist es vorbei.» Er machte eine unwillkürliche Handbewegung, als wollte er etwas

goes on. Now, there's a profundity." He looked at me. "I've never understood, really, why you did it."

"I was such a *child*," I said desperately. "And scared. Scared of everything – of having the baby, of my family's knowing, of what people would say if I dropped out of school and had to get married . . . I was scared of the alternative too, but sheer panic carried me through it, I guess."

"You didn't love me."

"Lewis, I – that wasn't it. Believe me."

"Well, you didn't love me enough, then, to take the responsibility for . . . The thing is, Nan, we knew the score and we took the risk. But then you tried to back out, run away, erase what happened."

"Maybe I did," I said, thinking that it was true. "But it doesn't mean I didn't *love* you. You talk as if love and responsibility were the same thing. They aren't at all!"

"We're talking about different kinds of love, I guess."

"Love is love," I said sullenly. "Don't get all semantic about it."

"And then too," he went on inexorably, "you weren't exactly the parental type, somehow."

"And you were, of course!"

"Well, strangely enough, I think I am, you know. I've always rather wanted to have children."

"And give up your own life? Your freedom?" I thought of my dark dream, the coils of rope tightening around me.

"Well, okay – look," he said impatiently. "You kept your precious freedom. You've still got it. What are you doing with it? You haven't so much as picked up a paintbrush!"

I stared at him, unable to muster any defense for this new line of attack.

And then abruptly his tone changed. "Oh, Nan, hell, I'm sorry. I didn't mean to rant and rave. I guess

beiseite schieben. «Das Leben geht weiter, um einen tiefsinnigen Ausspruch zu gebrauchen.» Er sah mich an. «Ich habe eigentlich nie verstanden, warum du es getan hast.»

«Ich war noch ein Kind», sagte ich verzweifelt. «Und ich hatte Angst. Angst, ein Baby zu bekommen und es meiner Familie beibringen zu müssen, Angst davor, was die Leute sagen würden, wenn ich die Schule abbrechen und heiraten müßte... Ich hatte auch Angst vor dem anderen, aber die nackte Panik hat es mich irgendwie durchstehen lassen.»

«Du hast mich nicht geliebt.»

«Lewis, ich – das war es nicht. Glaub mir!»

«Dann hast du mich eben nicht genug geliebt, um die Verantwortung... Anders gesagt, Nan, wir kannten das Spiel und nahmen das Risiko in Kauf. Aber dann wolltest du abspringen, weglaufen, es ungeschehen machen.»

«Vielleicht», sagte ich und dachte, daß er recht hatte. «Aber das heißt nicht, daß ich dich nicht liebte. Du redest, als wären Liebe und Verantwortung ein und dasselbe. Das stimmt doch nicht!»

«Ich glaube, wir reden von zweierlei Liebe.»

«Liebe ist Liebe», sagte ich störrisch. «Laß doch die Haarspalterei!»

«Aber jedenfalls», fuhr er unerbittlich fort, «warst du nicht gerade der mütterliche Typ.»

«Du warst natürlich der väterliche, wie?»

«Nun, so sonderbar es klingt, ich glaube, das stimmt. Ich habe mir immer gewünscht, einmal Kinder zu haben.»

«Und auf dein eigenes Leben zu verzichten? Auf deine Freiheit?» Ich dachte an meinen düsteren Traum von den Fesseln, die sich um mich zusammenzogen.

«Na und?» sagte er ungeduldig. «Sieh mal: Du hast deine kostbare Freiheit behalten. Du hast sie immer noch. Und was fängst du damit an? Nicht einmal einen Farbpinsel hast du in die Hand genommen!»

Ich starrte ihn an, außerstande, mich gegen diese neue Angriffsrichtung zu verteidigen.

Dann lenkte er plötzlich ein. «Oh, Nan, verflixt, es tut mir leid. Ich wollte nicht schelten und toben. Ich glaube, es liegt

the truth is, I've probably nursed a small grudge since it happened. But it's out of my system now."

"But, Lewis . . ." It trailed off.

"Have you finished chewing up that orange slice? I've got to get back. New boy has to work hard, you know."

He stood up and shrugged carelessly into his tweed coat. I wondered fleetingly if his wife had helped choose it.

He tucked my arm through his as we walked back down the sidewalk. The dead leaves swirled around us, as dry as ashes. It was getting colder.

"Guess what!" said Lewis confidingly, "Kay says she thinks she might be pregnant. Isn't that fantastic?"

"That's wonderful," I murmured.

"You know," he went on in the same soft, hesitant voice, "this might sound dumb, but for a while I was scared she couldn't have any. I thought it was some kind of Biblical retribution, or something."

I stared at him. "But you can't really think . . . Anyway it was me, not you."

"Well, but I let you. And maybe I could have changed your mind." He looked at me and I knew he was hearing my voice calling him back.

"You couldn't have," I said urgently.

"Well. Anyway . . ."

I could see he was thinking that it no longer mattered.

We stood outside the bank, buffeted by the cutting wind. He looked down at me, and there was affection in his eyes as well as sadness, and an indefinable something else, but no regret. He hugged me, and I felt the coat that his wife had probably chosen scrape briefly against my cheek.

Then he was gone.

I ran, shivering violently with cold and tension, feeling that the chill had sliced into my bones.

daran, daß ich von damals her ein bißchen schlecht auf dich zu sprechen war. Aber jetzt kommt ein Schlußstrich darunter.»

«Aber Lewis...» Meine Stimme tat nicht mehr mit.

«Bist du mit dem Orangenschnitz fertig? Ich muß wieder an die Arbeit. Neue Besen müssen ordentlich kehren, weißt du?»

Er stand auf und fuhr mit einer lässigen Bewegung in seinen Tweedmantel. Ich fragte mich flüchtig, ob ihn wohl seine Frau mit eingekauft hatte.

Er schob meinen Arm durch den seinen, als wir auf den Gehsteig traten. Die toten Blätter wirbelten um uns, trocken wie Asche. Es wurde kälter.

«Stell dir vor!» sagte Lewis vertraulich. «Kay sagt, daß sie vielleicht ein Kind bekommt. Ist das nicht fabelhaft?»

«Das ist ja wunderbar», murmelte ich.

«Weißt du», fuhr er fort mit derselben leisen und zögernden Stimme, «es klingt vielleicht dumm, aber eine Weile hatte ich Angst, sie würde keines bekommen. Ich dachte an eine Art biblisches Strafgericht oder so etwas.»

Ich starrte ihn an. «Du glaubst doch nicht im Ernst... Außerdem war ja ich es, nicht du.»

«Das schon, aber ich hab's dich tun lassen. Vielleicht hätte ich dich umstimmen können.» Er sah mich an, und ich wußte: jetzt hörte er, wie ich ihn zurückrief.

«Du hättest es nicht gekonnt», sagte ich mit Nachdruck.

«Na ja. Jedenfalls...»

Ich konnte sehen, daß es ihn nicht mehr betraf.

Wir standen vor dem Bankgebäude, von einem schneidenden Wind geschüttelt. Während er zu mir heruntersah, las ich Zuneigung und auch Traurigkeit in seinen Augen, und noch etwas, das nur schwer zu deuten war, aber keine Reue. Er drückte mich an sich, und ich spürte an meiner Wange kurz das Kratzen des Mantels, den wahrscheinlich seine Frau mit eingekauft hatte.

Dann war er weg.

Ich rannte los, heftig zitternd vor Frost und Erregung und mit dem Gefühl, daß mir die Kälte bis ins Mark gedrungen war.

As I drove to the station I kept thinking about Lewis, seeing him more clearly than I ever had before. He grappled with life, met it head on; he was no drifter. And the things he'd said to me – little truths that nicked and stung. He called them the way he saw them, that was all.

But what Lewis had not said – hadn't said but must have guessed – was that now I was doing the same thing to Jack that I once had done to him.

I thought of the sterility of what I had given Jack, and I wanted desperately to tell him how sorry I was. But what good would that do? Only in time ...

Maybe, I thought wearily – maybe love and responsibility are the same thing after all. Now, there's a profundity, as Lewis says.

I sat waiting for Jack. I always seemed to be waiting, hedging, postponing life. I saw Jack coming down the platform. He looked tired; his face was drawn and his shoulders were hunched against the wind. He spotted the car and waved. And he looked a little surprised, but pleased, as I got out and went to meet him.

Während der Fahrt zum Bahnhof dachte ich fortwährend an Lewis und sah ihn jetzt klarer als je zuvor. Er war jemand, der das Leben anpackte, sich ihm stellte, sich nicht treiben ließ. Alles, was er zu mir gesagt hatte, waren lauter kleine Wahrheiten, die trafen und weh taten. Er sagte alles so, wie er es meinte, das war's.

Was Lewis nicht gesagt, aber wohl geahnt hatte, war, daß ich drauf und dran war, Jack jetzt dasselbe anzutun wie damals ihm.

Ich empfand, wie hohl und leer alles war, was ich Jack gegeben hatte, und hatte den sehnlichen Wunsch, ihn um Verzeihung zu bitten. Aber was hätte das für einen Zweck? Nur die Zeit konnte . . .

Vielleicht, so grübelte ich erschöpft – vielleicht ist letzten Endes doch Liebe und Verantwortung dasselbe. Ein tiefsinniger Ausspruch, wie Lewis sagen würde.

Ich saß da und wartete auf Jack. Es kam mir vor, als hätte ich immer nur gewartet, gezaudert, aufgeschoben. Dann sah ich Jack den Bahnsteig entlangkommen. Er sah müde aus; sein Gesicht war abgespannt, und seine Schultern stemmten sich gegen den Wind. Er erspähte das Auto und winkte. Und er war wohl ein wenig überrascht, erfreut, als ich ausstieg und ihm entgegenging.

It was raining that morning, and still very dark.
When the boy reached the streetcar café he had
almost finished his route and he went in for a cup
of coffee. The place was an all-night café owned
by a bitter and stingy man called Leo. After the
raw, empty street, the café seemed friendly and
bright: along the counter there were a couple of
soldiers, three spinners from the cotton mill, and
in a corner a man who sat hunched over with his
nose and half his face down in a beer mug. The boy
wore a helmet such as aviators wear. When he went
into the café he unbuckled the chin strap and
raised the right flap up over his pink little ear; often
as he drank his coffee someone would speak to him
in a friendly way. But this morning Leo did not
look into his face and none of the men were talking.
He paid and was leaving the café when a voice called
out to him:

"Son! Hey Son!"

He turned back and the man in the corner was
crooking his finger and nodding to him. He had
brought his face out of the beer mug and he seemed
suddenly very happy. The man was long and pale,
with a big nose and faded orange hair.

"Hey Son!"

The boy went toward him. He was an undersized
boy of about twelve, with one shoulder drawn higher
than the other because of the weight of the paper sack.
His face was shallow, freckled, and his eyes were
round child eyes.

"Yeah Mister?"

The man laid one hand on the paper boy's
shoulders, then grasped the boy's chin and turned his
face slowly from one side to the other. The boy
shrank back uneasily.

"Say! What's the big idea?"

Es regnete an jenem Morgen, und es war noch sehr dunkel. Als der Junge beim Tram-Café ankam, hatte er seine Tour fast beendet, und er ging hinein, um eine Tasse Kaffee zu trinken. Es war ein die ganze Nacht hindurch geöffnetes Café, das einem verbitterten und geizigen alten Mann namens Leo gehörte. Nach der naßkalten, leeren Straße erschien das Café freundlich und hell. An der Bar waren einige Soldaten und drei Arbeiter von der Baumwollspinnerei, und in einer Ecke saß vornübergebeugt ein Mann und ließ die Nase und das halbe Gesicht in sein Bierseidel hängen. Der Junge trug einen Sturzhelm, wie ihn Flugpiloten tragen. Als er das Café betrat, schnallte er den Kinnriemen ab und schlug die rechte Klappe über seinem kleinen rosa Ohr in die Höhe. Meistens, wenn er hier seinen Kaffee trank, redete der eine oder andere nett mit ihm. Aber heute früh blickte ihn Leo nicht an, und von den Männern sprach keiner. Er zahlte und wollte schon das Café verlassen, als ihm eine Stimme nachrief:

«Kleiner! Heda, Kleiner!»

Er wandte sich um und sah, wie der Mann in der Ecke ihn mit gekrümmtem Zeigefinger heranwinkte und ihm zunickte. Er hatte das Gesicht aus dem Bierseidel gehoben und sah plötzlich sehr glücklich aus. Der Mann war groß und bleich und hatte eine lange Nase und ausgeblichenes apfelsinenfarbenes Haar.

«Heda, Kleiner.»

Der Junge ging zu ihm hin. Er war etwa zwölf Jahre alt, aber im Wachstum zurückgeblieben, und wegen der Last seiner Zeitungstasche war die eine Schulter hinaufgezogen. Sein Gesicht war platt und von Sommersprossen übersät; seine Augen waren runde Kinderaugen.

«Ja, Mister?»

Der Mann legte die eine Hand auf die Schulter des Zeitungsjungen, faßte ihm dann unters Kinn und drehte sein Gesicht langsam von einer Seite auf die andre. Der Junge zuckte verlegen zurück:

«Heh! Was soll denn das?»

The boy's voice was shrill; inside the café it was suddenly very quiet.

The man said slowly, "I love you."

All along the counter the men laughed. The boy, who had scowled and sidled away, did not know what to do. He looked over the counter at Leo, and Leo watched him with a weary, brittle jeer. The boy tried to laugh also. But the man was serious and sad.

"I did not mean to tease you, Son," he said. "Sit down and have a beer with me. There is something I have to explain."

Cautiously, out of the corner of his eye, the paper boy questioned the men along the counter to see what he should do. But they had gone back to their beer or their breakfast and did not notice him. Leo put a cup of coffee on the counter and a little jug of cream.

"He is a minor," Leo said.

The paper boy slid himself up onto the stool. His ear beneath the upturned flap of the helmet was very small and red. The man was nodding at him soberly. "It is important," he said. Then he reached in his hip pocket and brought out something which he held up in the palm of his hand for the boy to see.

"Look very carefully," he said.

The boy stared, but there was nothing to look at very carefully. The man held in his big, grimy palm a photograph. It was the face of a woman, but blurred, so that only the hat and the dress she was wearing stood out clearly.

"See?" the man asked.

The boy nodded and the man placed another picture in his palm. The woman was standing on a beach in a bathing suit. The suit made her stomach very big, and that was the main thing you noticed.

"Got a good look?" He leaned over closer and finally asked: "You ever seen her before?"

The boy sat motionless, staring slantwise at the man. "Not so I know of."

Die Stimme des Jungen war schrill; es wurde auf einmal ganz still im Café.

Der Mann sagte langsam: «Ich liebe dich!»

Alle Männer an der Bar lachten los. Der Junge, der ihm mit finsterem Gesicht ausgewichen war, wußte nicht, was er tun sollte. Er blickte über die Bartheke hinweg zu Leo, und Leo beobachtete ihn mit einem verdrossenen, brüchigen Grinsen. Der Junge versuchte, auch zu lachen. Aber der Mann sah ernst und traurig aus.

«Ich wollte dich nicht foppen, Kleiner», sagte er. «Setz dich und trink ein Bier mit mir. Ich muß dir was erklären!»

Vorsichtig und mit einem Seitenblick musterte der Junge die Männer an der Bar, um herauszubekommen, was er tun solle. Aber sie hatten sich wieder ihrem Bier oder ihrem Frühstück zugewandt und kümmerten sich nicht um ihn. Leo stellte eine Tasse Kaffee und ein Kännchen Sahne auf die Bartheke.

«Er ist minderjährig», sagte er.

Der Zeitungsjunge zog sich auf den Barschemel. Sein Ohr unter der hochgestellten Ohrenklappe war sehr klein und rot. Der Mann nickte ihm ernst zu. «Es ist etwas Wichtiges», sagte er. Dann faßte er in die hintere Hosentasche und zog etwas heraus; er hielt es dem Jungen zum Betrachten hin.

«Schau es dir genau an!» sagte er.

Der Junge blickte hin, konnte aber nichts entdecken, was man genau anschauen müßte. Der Mann hielt eine Fotografie in seiner großen, schmuddligen Handfläche. Es war das Gesicht einer Frau, aber verschwommen, so daß nur ihr Hut und das Kleid, das sie trug, scharf hervortraten.

«Siehst du's?» fragte der Mann.

Der Junge nickte, und der Mann steckte sich eine andere Fotografie in die Handfläche. Hier stand die Frau in einem Badeanzug am Strand. Durch den Badeanzug zeichnete sich der Bauch sehr ab, und das war das einzige, was einem auffiel.

«Hast du's genau angeschaut?» Er beugte sich vor und fragte schließlich: «Hast du sie schon mal gesehen?»

Der Junge saß still und rührte sich nicht, sondern blickte nur schräg auf den Mann: «Ich glaube nicht.»

"Very well." The man blew on the photographs and put them back into his pocket. "That was my wife."

"Dead?" the boy asked.

Slowly the man shook his head. He pursed his lips as though about to whistle and answered in a long-drawn way: "Nuuu –" he said. "I will explain."

The beer on the counter before the man was in a large brown mug. He did not pick it up to drink. Instead he bent down and, putting his face over the rim, he rested there for a moment. Then with both hands he tilted the mug and sipped.

"Some night you'll go to sleep with your big nose in a mug and drown," said Leo. "Prominent transient drowns in beer. That would be a cute death."

The paper boy tried to signal to Leo. While the man was not looking he screwed up his face and worked his mouth to question soundlessly: "Drunk?" But Leo only raised his eyebrows and turned away to put some pink strips of bacon on the grill. The man pushed the mug away from him, straightened himself, and folded his loose crooked hands on the counter. His face was sad as he looked at the paper boy. He did not blink, but from time to time the lids closed down with delicate gravity over his pale green eyes. It was nearing dawn and the boy shifted the weight of the paper sack.

"I am talking about love," the man said. "With me it is a science."

The boy half slid down from the stool. But the man raised his forefinger, and there was something about him that held the boy and would not let him go away.

"Twelve years ago I married the woman in the photograph. She was my wife for one year, nine months, three days, and two nights. I loved her. Yes. . . ." He tightened his blurred, rambling voice and said again: "I loved her. I thought also that she loved me. I was a railroad engineer. She had all

«Aha!» Der Mann blies auf die Fotos und steckte sie wieder in die Tasche. «Das war meine Frau.»

«Ist sie tot?» fragte der Junge.

Der Mann schüttelte langsam den Kopf. Er spitzte den Mund, als ob er pfeifen wollte, und antwortete mit einem langgedehnten: «Neee! Ich werd's dir erklären.»

Das Bier in dem großen braunen Seidel stand vor dem Mann auf der Bartheke. Er hob es nicht auf, als er trinken wollte. Statt dessen beugte er sich hinunter, legte das Gesicht auf den Rand und ließ es dort, wie um auszuruhen. Dann kippte er das Seidel mit beiden Händen ein wenig vor und schlürfte.

«Eines schönen Abends wirst du mit deiner großen Nase im Seidel einschlafen und versaufen», sagte Leo. «Berühmter Durchreisender ertrinkt im Bier. Das wäre ein flotter Tod!»

Der Zeitungsjunge versuchte, Leo ein Zeichen zu machen. Während der Mann nicht hinsah, verzog er das Gesicht, bewegte stumm die Lippen und fragte: «Besoffen?» Aber Leo zog nur die Augenbrauen in die Höhe, drehte sich um und legte ein paar rosa Speckstreifen auf den Grill. Der Mann schob das Seidel weg, richtete sich auf und faltete seine schlaffen, verkrümmten Hände auf der Bartheke. Sein Gesicht war traurig, als er den Zeitungsjungen ansah. Die Lider zwinkerten nicht, aber von Zeit zu Zeit schlossen sie sich zart und schwer über den blaßgrünen Augen. Draußen graute der Morgen, und der Junge verschob das Gewicht seiner Zeitungstasche.

«Ich will von der Liebe sprechen», sagte der Mann. «Bei mir ist sie eine Wissenschaft.»

Der Junge rutschte halb vom Barschemel herunter. Aber der Mann hob den Zeigefinger, und er hatte etwas an sich, das den Jungen festhielt, so daß er nicht fortgehen konnte.

«Vor zwölf Jahren habe ich mich mit der Frau auf der Fotografie verheiratet. Ein Jahr, neun Monate, drei Tage und zwei Nächte war sie meine Frau.

Ich habe sie geliebt. Ja...» Er straffte seine undeutliche, schwankende Stimme und wiederholte: «Ich habe sie geliebt. Und ich glaubte, daß sie mich auch

home comforts and luxuries. It never crept into my brain that she was not satisfied. But do you know what happened?"

"Mgneeow!" said Leo.

The man did not take his eyes from the boy's face. "She left me. I came in one night and the house was empty and she was gone. She left me."

"With a fellow?" the boy asked.

Gently the man placed his palm down on the counter. "Why naturally, Son. A woman does not run off like that alone."

The café was quiet, the soft rain black and endless in the street outside. Leo pressed down the frying bacon with the prongs of his long fork. "So you have been chasing the floozie for eleven years. You frazzled old rascal!"

For the first time the man glanced at Leo. "Please don't be vulgar. Besides, I was not speaking to you." He turned back to the boy and said in a trusting and secretive undertone, "Let's not pay any attention to him. O.K.?"

The paper boy nodded doubtfully.

"It was like this," the man continued. "I am a person who feels many things. All of my life one thing after another has impressed me. Moonlight. The leg of a pretty girl. One thing after another. But the point is that when I had enjoyed anything there was a peculiar sensation as though it was laying around loose in me. Nothing seemed to finish itself up or fit in with the other things. Women? I had my portion of them. The same. Afterwards laying around loose in me. I was a man who had never loved."

Very slowly he closed his eyelids, and the gesture was like a curtain drawn at the end of a scene in a play. When he spoke again his voice was excited and the words came fast – the lobes of his large, loose ears seemed to tremble.

152
153

"Then I met this woman. I was fifty-one years old

liebte. Sie hatte ein behagliches, schönes Heim. Nie kam mir der Gedanke, sie könne nicht zufrieden sein. Aber weißt du, was dann geschah?»

«Miiiiau!» machte Leo.

Der Mann wandte die Augen nicht vom Gesicht des Jungen ab. «Sie hat mich verlassen. Eines Abends kam ich heim, und das Haus war leer, und sie war fort. Sie hat mich verlassen.»

«Mit einem andern?» fragte der Junge.

Der Mann legte seine Handfläche sachte auf die Bartheke. «Das ist wohl selbstverständlich, Kleiner! Frauen laufen nie alleine fort.»

Das Café war still, und draußen auf der Straße fiel dunkel und unaufhörlich der sanfte Regen. Leo drückte den brutzelnden Speck mit den Zinken seiner langen Gabel herunter: «Und seit elf Jahren jagen Sie also dem Weibsbild nach, Sie alter Saufbruder!»

Der Mann blickte zum erstenmal auf Leo: «Bitte nicht so ordinär! Außerdem habe ich gar nicht mit Ihnen gesprochen.» Er wandte sich wieder an den Jungen und sagte vertraulich und mit heimlicher, gedämpfter Stimme: «Um den kümmern wir uns gar nicht! Einverstanden?»

Der Zeitungsjunge nickte unsicher.

«Es war nämlich so», fuhr der Mann fort. «Ich bin ein sehr gefühlvoller Mensch. Mein Leben lang hat immer irgend etwas großen Eindruck auf mich gemacht: Mondschein – ein schönes Mädchenbein – eins nach dem andern. Aber der Witz ist nun der: wenn ich irgend etwas genossen hatte, dann überkam mich ein merkwürdiges Gefühl, als ob es lose in mir herumliege. Nichts schien zu einem Ganzen zu werden, nichts schien zu den andern Dingen zu passen. Frauen? Von denen hatte ich mein Teil. Es war immer das gleiche. Hinterher lagen sie lose in mir herum. Ich war ein Mensch, der nie geliebt hatte.»

Sehr langsam schloß er die Augenlider, und es war, wie wenn sich im Theater am Schluß eines Auftritts der Vorhang senkt. Als er wieder sprach, war seine Stimme erregt, und die Worte überstürzten sich, und an seinen großen, schlaffen Ohren zitterten die Ohrläppchen.

«Dann begegnete ich jener Frau. Ich war einundfünfzig, und

and she always said she was thirty. I met her at a filling station and we were married within three days. And do you know what it was like? I just can't tell you. All I had ever felt was gathered together around this woman. Nothing lay around loose in me any more but was finished up by her."

The man stopped suddenly and stroked his long nose. His voice sank down to a steady and reproachful undertone: "I'm not explaining this right. What happened was this. There were these beautiful feelings and loose little pleasures inside me. And this woman was something like an assembly line for my soul. I run these little pieces of myself through her and I come out complete. Now do you follow me?"

"What was her name?" the boy asked.

"Oh," he said. "I called her Dodo. But that is immaterial."

"Did you try to make her come back?"

The man did not seem to hear. "Under the circumstances you can imagine how I felt when she left me."

Leo took the bacon from the grill and folded two strips of it between a bun. He had a gray face, with slitted eyes, and a pinched nose saddled by faint blue shadows. One of the mill workers signaled for more coffee and Leo poured it. He did not give refills on coffee free. The spinner ate breakfast there every morning, but the better Leo knew his customers the stingier he treated them. He nibbled his own bun as though he grudged it to himself.

"And you never got hold of her again?"

The boy did not know what to think of the man, and his child's face was uncertain with mingled curiosity and doubt. He was new on the paper route; it was still strange to him to be out in the town in the black, queer early morning.

"Yes," the man said. "I took a number of steps to get her back. I went around trying to locate her.

sie war dreißig, wie sie sagte. Ich traf sie an einer Tankstelle, und nach drei Tagen waren wir verheiratet. Und weißt du, wie das war? Ich kann's dir gar nicht beschreiben. Alles, was ich je empfunden hatte, sammelte sich um jene Frau. Nichts lag mehr lose in mir herum: durch sie wurde alles ganz.»

Der Mann brach plötzlich ab und rieb sich die lange Nase. Seine Stimme wurde ruhiger und bekam nun eine vorwurfsvolle Tönung. «Ich erkläre es nicht ganz richtig. Es war vielmehr so. Die schönen Gefühle und die kleinen Freuden lagen lose in mir herum. Und die Frau war für meine Seele so etwas wie ein laufendes Band. Ich ließ die losen Teilchen meines Selbst durch sie hindurchlaufen, und heraus kam ich als Ganzes. Verstehst du mich jetzt?»

«Wie hieß sie?» fragte der Junge.

«Oh», sagte er, «ich nannte sie Dodo. Aber das gehört nicht hierher.»

«Haben Sie versucht, sie zurückzuholen?»

Der Mann schien nicht hinzuhören. «Unter solchen Umständen kannst du dir wohl vorstellen, wie mir zumute war, als sie mich verließ.»

Leo nahm den Speck vom Grill und legte zwei Streifen zwischen ein Brötchen. Er hatte ein graues Gesicht mit Schlitzaugen und einer mickrigen Nase, in deren Buchten bläuliche Schatten saßen. Einer von den Arbeitern verlangte nochmals Kaffee, und Leo schenkte ihm ein. Er goß nie umsonst nach. Die Spinnereiarbeiter nahmen jeden Morgen ihr Frühstück bei ihm ein, aber je besser Leo seine Kunden kannte, um so geiziger behandelte er sie. An seinem eigenen Brötchen knabberte er auch herum, als ob er sich's nicht einmal selber gönnte.

«Und Sie haben sie nie wieder erwischt?»

Der Junge wußte nicht, was er von dem Mann halten sollte, und in seinem Kindergesicht stritten sich Neugier und Zweifel. Er war ein Neuling auf seiner Zeitungsrunde, und er fand es immer noch seltsam, in der merkwürdigen, dunklen Morgenfrühe unterwegs zu sein.

«Nein», sagte der Mann. «Ich unternahm allerhand Schritte, um sie wiederzubekommen. Ich reiste umher und

I went to Tulsa where she had folks. And to Mobile. I went to every town she had ever mentioned to me, and I hunted down every man she had formerly been connected with. Tulsa, Atlanta, Chicago, Cheehaw, Memphis ... For the better part of two years I chased around the country trying to lay hold of her.''

"But the pair of them had vanished from the face of the earth!" said Leo.

"Don't listen to him," the man said confidentially. "And also just forget those two years. They are not important. What matters is that around the third year a curious thing begun to happen to me."

"What?" the boy asked.

The man leaned down and tilted his mug to take a sip of beer. But as he hovered over the mug his nostrils fluttered slightly; he sniffed the staleness of the beer and did not drink. "Love is a curious thing to begin with. At first I thought only of getting her back. It was a kind of mania. But then as time went on I tried to remember her. But do you know what happened?"

"No," the boy said.

"When I laid myself down on a bed and tried to think about her my mind became a blank. I couldn't see her. I would take out her pictures and look. No good. Nothing doing. A blank. Can you imagine it?"

"Say Mac!" Leo called down the counter. "Can you imagine this bozo's mind a blank!"

Slowly, as though fanning away flies, the man waved his hand. His green eyes were concentrated and fixed on the shallow little face of the paper boy.

"But a sudden piece of glass on a sidewalk. Or a nickel tune in a music box. A shadow on a wall at night. And I would remember. It might happen in a street and I would cry or bang my head against a lamppost. You follow me?"

"A piece of glass ..." the boy said.

versuchte, sie aufzustöbern. Ich fuhr nach Tulsa, wo sie Verwandte hatte. Und nach Mobile. Ich reiste in jede Stadt, die sie je erwähnt hatte, und ich spürte jedem Mann nach, mit dem sie einmal bekannt gewesen war. Tulsa. Atlanta, Chikago, Cheehaw. Memphis . . . Fast zwei Jahre lang jagte ich im Land umher und versuchte, sie zu erwischen.»

«Aber das Pärchen war vom Erdboden verschwunden», sagte Leo.

«Hör nicht auf ihn», sagte der Mann vertraulich. «Und vergiß das mit den zwei Jahren! Sie sind nicht wichtig. Wichtig ist, daß mir im dritten Jahr etwas Sonderbares widerfuhr.»

«Was denn?» fragte der Junge.

Der Mann beugte sich vor und kippte das Seidel etwas schräg, um einen Schluck Bier zu schlürfen. Aber seine Nasenflügel zitterten leise, als er an dem schalen Bier roch, und er trank nicht. «Die Liebe ist schon etwas sehr Sonderbares. Zuerst dachte ich nur daran, sie wiederzubekommen. Es war wie eine Zwangsvorstellung. Und dann versuchte ich allmählich, mich an sie zu erinnern. Aber weißt du, was mir passierte?»

«Nein», antwortete der Junge.

«Wenn ich mich aufs Bett legte und versuchte, an sie zu denken, dann war mein Kopf plötzlich vollkommen leer. Ich konnte sie nicht sehen. Ich holte ihre Bilder hervor und betrachtete sie. Es hatte keinen Zweck. Nichts zu machen. Völlige Leere. Stell dir mal vor!»

«He, Mac!» rief Leo einem zu, der weiter entfernt saß. «Stell dir mal vor: Der Witzbold hat nichts im Kopf!»

Langsam, als verscheuche er eine Fliege, fuhr die Hand des Mannes durch die Luft. Seine grünen Augen hefteten sich gespannt auf das flache kleine Gesicht des Zeitungsjungen.

«Doch plötzlich bei einer Glasscherbe auf dem Gehsteig – oder einem Schlager im Musikautomaten – oder einem Schatten an der Mauer, nachts: da konnte ich mich erinnern. Es geschah irgendwo auf offener Straße; dann weinte ich oder schlug mit dem Kopf gegen einen Laternenpfahl. Verstehst du?»

«Bei einem Stück Glas . . . ?» fragte der Junge.

"Anything. I would walk around and I had no power of how and when to remember her. You think you can put up a kind of shield. But remembering don't come to a man face forward – it corners around sideways. I was at the mercy of everything I saw and heard. Suddenly instead of me combining the countryside to find her she begun to chase me around in my very soul. *She* chasing *me*, mind you! and in my soul."

The boy asked finally: "What part of the country were you in then?"

"Ooh," the man groaned. "I was a sick mortal. It was like smallpox. I confess, Son, that I boozed. I fornicated. I committed any sin that suddenly appealed to me. I am loath to confess it but I will do so. When I recall that period it is all curdled in my mind, it was so terrible."

The man leaned his head down and tapped his forehead on the counter. For a few seconds he stayed bowed over in this position, the back of his stringy neck covered with orange furze, his hands with their long warped fingers held palm to palm in an attitude of prayer. Then the man straightened himself; he was smiling and suddenly his face was bright and tremulous and old.

"It was in the fifth year that it happened," he said. "And with it I started my science."

Leo's mouth perked with a pale, quick grin. "Well none of we boys are getting any younger," he said. Then with sudden anger he balled up a dishcloth he was holding and threw it down hard on the floor. "You draggle-tailed old Romeo!"

"What happened?" the boy asked.

The old man's voice was high and clear: "Peace," he answered.

"Huh?"

"It is hard to explain scientifically, Son," he said. "I guess the logical explanation is that she and I had

«Bei allem möglichen. Ich schlenderte umher, und es stand nicht in meiner Macht, wann und wie ich mich an sie erinnerte. Du meinst sicher, man könnte sich mit einer Art Schild dagegen schützen. Aber die Erinnerung kommt nie von vorne auf einen zu – sie kommt seitlich um die Ecke. Allem, was ich sah und hörte, war ich ausgeliefert. Anstatt daß ich die Gegend nach ihr abjagte, begann *sie* mich plötzlich in meiner Seele herumzujagen. Sie jagte *mich,* wohlgemerkt! Und in meiner Seele.»

Schließlich fragte der Junge: «In welchem Staat waren Sie damals?»

«Ach», ächzte der Mann, «ich war richtig krank. Als hätt ich die Windpocken. Ich muß gestehen, Kleiner, daß ich soff. Und herumhurte. Ich beging jede Sünde, die mir in den Sinn kam. Es widert mich an, das zu gestehen, aber ich tu's trotzdem. Wenn ich mich an jene Zeit erinnere, stockt mir das Denken – es war so furchtbar!»

Der Mann beugte den Kopf vornüber und schlug mit der Stirn auf die Bartheke. Ein paar Sekunden lang blieb er so: der Nacken seines sehnigen Halses war mit apfelsinenfarbenen Stoppeln bedeckt, und die Hände mit den langen, verkrümmten Fingern hielt er Handfläche gegen Handfläche, wie im Gebet. Dann richtete der Mann sich wieder auf; er lächelte, und plötzlich war sein Gesicht hell und zittrig und alt.

«Im fünften Jahr passierte es dann», sagte er. «Und damit begann ich mit meiner Wissenschaft.»

Leos Mund sprang auf zu einem flüchtigen, blutarmen Grinsen. «Keiner von uns wird jünger», sagte er. Dann zerknüllte er in jähem Ärger das Geschirrtuch, das er in der Hand hatte, und schleuderte es auf den Boden. «Sie alter Schwerenöter!»

«Was kam dann?» fragte der Junge.

Die Stimme des alten Mannes war hell und klar. «Der Frieden», antwortete er.

«Hm?»

«Es ist nicht so leicht, dir das wissenschaftlich zu erklären, Kleiner», sagte er. «Ich vermute, logisch läßt es sich einfach so

fleed around from each other for so long that finally we just got tangled up together and lay down and quit. Peace. A queer and beautiful blankness. It was spring in Portland and the rain came every afternoon. All evening I just stayed there on my bed in the dark. And that is how the science come to me."

The windows in the streetcar were pale blue with light. The two soldiers paid for their beers and opened the door – one of the soldiers combed his hair and wiped off his muddy puttees before they went outside. The three mill workers bent silently over their breakfasts. Leo's clock was ticking on the wall.

"It is this. And listen carefully. I meditated on love and reasoned it out. I realized what is wrong with us. Men fall in love for the first time. And what do they fall in love with?"

The boy's soft mouth was partly open and he did not answer.

"A woman," the old man said. "Without science, with nothing to go by, they undertake the most dangerous and sacred experience in God's earth. They fall in love with a woman. Is that correct, Son?"

"Yeah," the boy said faintly.

"They start at the wrong end of love. They begin at the climax. Can you wonder it is so miserable? Do you know how men should love?"

The old man reached over and grasped the boy by the collar of his leather jacket. He gave him a gentle little shake and his green eyes gazed down unblinking and grave.

"Son, do you know how love should be begun?"

The boy sat small and listening and still. Slowly he shook his head. The old man leaned closer and whispered:

"A tree. A rock. A cloud."

It was still raining outside in the street: a mild, gray, endless rain. The mill whistle blew for the six o'clock shift and the three spinners paid and went

erklären, daß sie und ich so lange voreinander fortrannten, bis wir schließlich ganz verstrickt waren und uns hinlegten und einen Schlußstrich zogen ... Frieden. Eine sonderbare und schöne Leere. In Portland war es Frühling, und es regnete jeden Nachmittag. Den ganzen Abend blieb ich im Dunkeln auf meinem Bett liegen. Und so kam ich auf meine Wissenschaft.»

Die Fenster der Straßenbahn spiegelten das blaßblaue Licht. Die beiden Soldaten bezahlten ihr Bier und öffneten die Tür; der eine kämmte sich das Haar und wischte sich den Schmutz von den Wickelgamaschen, ehe er nach draußen ging. Die drei Spinnereiarbeiter beugten sich stumm über ihr Frühstück. An der Wand tickte Leos Uhr.

«Es handelt sich um Folgendes: Hör jetzt gut zu! Ich hab über die Liebe nachgedacht und es alles herausgefunden. Ich hab begriffen, was wir falsch machen. Ein Mann verliebt sich zum erstenmal. Und in was verliebt er sich?»

Der weiche Mund des kleinen Jungen stand etwas offen; er gab keine Antwort

«In eine Frau», sagte der alte Mann. «Ohne Wissen, ohne die geringste Anleitung wagt sich der Mann an das gefährlichste und heiligste Erlebnis auf Gottes Erde. Er verliebt sich in eine Frau. Hab ich recht, Kleiner?»

«Ja», sagte der Junge leise.

«Sie fangen die Liebe am falschen Ende an. Sie beginnen mit dem Höhepunkt. Wundert es einen, daß es unglücklich ausgeht? Weißt du, wie ein Mann lieben sollte?»

Der alte Mann packte den Zeitungsjungen beim Kragen seiner Lederjacke und schüttelte ihn ganz sachte, während seine grünen Augen ernst und ohne zu zwinkern auf ihn niederschauten.

«Kleiner, weißt du, wie Liebe anfangen sollte?»

Der Junge saß ganz klein und still da und hörte zu. Er schüttelte langsam den Kopf. Der alte Mann beugte sich näher heran und flüsterte:

«Ein Baum. Ein Felsen. Eine Wolke.»

Auf der Straße draußen regnete es immer noch. Ein milder, grauer, unaufhörlicher Regen. Die Fabriksirene pfiff zur Frühschicht, die drei Spinnereiarbeiter zahlten und gingen. Nun

away. There was no one in the café but Leo, the old man, and the little paper boy.

"The weather was like this in Portland," he said. "At the time my science was begun. I meditated and I started very cautious. I would pick up something from the street and take it home with me. I bought a goldfish and I concentrated on the goldfish and I loved it. I graduated from one thing to another. Day by day I was getting this technique. On the road from Portland to San Diego –"

"Aw shut up!" screamed Leo suddenly. "Shut up! Shut up!"

The old man still held the collar of the boy's jacket; he was trembling and his face was earnest and bright and wild. "For six years now I have gone around by myself and built up my science. And now I am a master. Son, I can love anything. No longer do I have to think about it even. I see a street full of people and a beautiful light comes in me. I watch a bird in the sky. Or I meet a traveler on the road. Everything, Son. And anybody. All strangers and all loved? Do you realize what a science like mine can mean?"

The boy held himself stiffly, his hands curled tight around the counter edge. Finally he asked: "Did you ever really find that lady?"

"What? What say, Son?"

"I mean," the boy asked timidly. "Have you fallen in love with a woman again?"

The old man loosened his grasp on the boy's collar. He turned away and for the first time his green eyes had a vague and scattered look. He lifted the mug from the counter, drank down the yellow beer. His head was shaking slowly from side to side. Then finally he answered: "No, Son. You see that is the last step in my science. I go cautious. And I am not quite ready yet."

"Well!" said Leo. "Well well well!"

war niemand mehr im Café außer Leo, dem alten Mann und dem kleinen Zeitungsjungen.

«In Portland war das Wetter so wie heute», erzählte der alte Mann. «Damals fing ich mit meiner Wissenschaft an. Ich dachte scharf nach und ich ging ganz behutsam vor. Ich brachte irgend etwas von der Straße mit nach Hause. Ich kaufte einen Goldfisch und konzentrierte mich auf den Goldfisch und liebte ihn. Und so stieg ich von einer Stufe zur nächsten. Tag für Tag verbesserte ich diese Technik. Auf dem Wege von Portland nach San Diego . . .»

«Ach, hör schon auf!» schrie Leo plötzlich. «Hör auf! Hör schon auf!»

Der alte Mann hielt den Jungen noch immer beim Jackenkragen gepackt. Er zitterte, und sein Gesicht war ernst und leuchtete wild. «Sechs Jahre bin ich nun ganz allein herumgezogen und hab meine Wissenschaft entwickelt. Und jetzt bin ich darin Meister! Ich kann alles lieben. Ich brauche nicht mal mehr darüber nachzudenken. Ich sehe eine Straße voller Menschen, und ein schönes Licht erfüllt mich. Ich beobachte einen Vogel in den Lüften. Oder ich begegne einem Wanderer auf der Landstraße – einerlei, was oder wer es ist, Kleiner. Alles ist fremd, und alles liebe ich. Begreifst du, was eine Wissenschaft wie die meine bedeuten kann?»

Der Junge saß steif da. Die Hände hatte er um den Rand der Bartheke geklammert. Schließlich fragte er: «Haben Sie die Dame dann doch noch gefunden?»

«Wie? Was hast du gesagt, Kleiner?»

«Ich meinte», sagte der Junge schüchtern, «ob Sie sich wieder in eine Frau verliebt haben?»

Der alte Mann ließ den Kragen des Jungen los. Er wandte sich ab, und zum erstenmal stand in seinen grünen Augen ein unsicherer und wirrer Ausdruck. Er hob das Seidel von der Theke und kippte das gelbe Bier hinunter. Er schüttelte sehr langsam den Kopf. Dann endlich antwortete er: «Nein, Kleiner! Das wäre nämlich der letzte Schritt in meiner Wissenschaft. Ich gehe aber behutsam vor. Und so weit bin ich noch nicht.»

«Oh Gott oh Gott», sagte Leo.

The old man stood in the open doorway. "Remember," he said. Framed there in the gray damp light of the early morning he looked shrunken and seedy and frail. But his smile was bright. "Remember I love you," he said with a last nod. And the door closed quietly behind him.

The boy did not speak for a long time. He pulled down the bangs on his forehead and slid his grimy little forefinger around the rim of his empty cup. Then without looking at Leo he finally asked:

"Was he drunk?"

"No," said Leo shortly.

The boy raised his clear voice higher. "Then was he a dope fiend?"

"No."

The boy looked up at Leo, and his flat little face was desperate, his voice urgent and shrill. "Was he crazy? Do you think he was a lunatic?" The paper boy's voice dropped suddenly with doubt. "Leo? Or not?"

But Leo would not answer him. Leo had run a night café for fourteen years, and he held himself to be a critic of craziness. There were the town characters and also the transients who roamed in from the night. He knew the manias of all of them. But he did not want to satisfy the questions of the waiting child. He tightened his pale face and was silent.

So the boy pulled down the right flap of his helmet and as he turned to leave he made the only comment that seemed safe to him, the only remark that could not be laughed down and despised:

"He sure has done a lot of traveling."

Der alte Mann stand in der offenen Tür. «Vergiß es nicht», sagte er. Im feuchten grauen Licht der ersten Morgenfrühe sah er eingeschrumpft und schäbig und gebrechlich aus. Aber sein Lächeln war strahlend. «Vergiß es nicht, daß ich dich liebe», sagte er und nickte noch ein letztes Mal. Und die Tür fiel leise hinter ihm ins Schloß.

Lange Zeit sagte der Junge kein Wort. Er zupfte an den Haarsträhnen, die ihm in die Stirn hingen, und fuhr mit dem schmutzigen kleinen Zeigefinger um den Rand seiner leeren Tasse. Dann fragte er endlich, ohne Leo anzusehen:

«War er betrunken?»

«Nein», antwortete Leo knapp.

Der Junge hob die Stimme: «Dann war er wohl drogensüchtig?»

«Nein.»

Der Junge blickte zu Leo auf; sein flaches Gesichtchen war ratlos, und die Stimme war drängend und schrill: «War er dann verrückt? Glauben Sie, es war ein Irrer?» In jähem Zweifel ließ der Zeitungsjunge die Stimme sinken: «Leo? Oder was sonst?»

Aber Leo antwortete ihm nicht. Seit vierzehn Jahren hatte er ein Nachtcafé, und da hielt er sich für einen Kenner punkto Verrücktheit. Da waren die stadtbekannten Originale, aber auch Durchreisende, die es nachts hereinwehte. Er wußte von jedem, was er für einen Vogel hatte. Aber die Fragen des wartenden Kindes wollte er nicht beantworten. Er verkniff sein bleiches Gesicht und schwieg.

Der Junge zog die rechte Ohrenklappe seines Sturzhelms herunter, und als er sich zum Gehen wandte, machte er eine Bemerkung – die einzige, die ihm geheuer erschien, die einzige, derentwegen ihn keiner auslachen und verachten konnte:

«Bestimmt ist er weit herumgekommen.»

Morley Callaghan (1903–1990) wurde geboren in Toronto, Kanada, und ist dort gestorben. In den zwanziger Jahren war er zusammen mit Fitzgerald und Hemingway in Paris («That Summer in Paris» 1963). Abgesehen von einigen Romanen hat er zahlreiche Kurzgeschichten geschrieben, die in ihrer realistischen Schilderung von Alltagssituationen und ihrer subtilen Analyse von Empfindungen an die Erzählkunst eines Tschechow erinnern. – Abdruck und Übersetzung unserer Erzählung mit Genehmigung der Intercontinental Literary Agency, London.

Ernest Hemingway (1899–1961; Nobelpreis 1954) wurde in einem Vorort von Chicago geboren. Die Schauplätze seiner Erzählungen – Paris, Italien, Spanien, Afrika, Cuba – spiegeln ein rastloses und abenteuerliches Leben wider, das der Autor im Angesicht drohender Hinfälligkeit durch eigene Hand beendete. Hemingways Interesse gilt den Grundsituationen des Lebens – Gewalt, Liebe, Tod. Seine Prosa ist nüchtern, sparsam und kraftvoll. Romane: «The Sun also Rises» 1926; «A Farewell to Arms» 1929; «For Whom the Bell Tolls» 1940; «The Old Man and the Sea» 1952. – Unsere Erzählung: Copyright 1938 Ernest Hemingway / renewed © 1966 Mary Hemingway. Die deutsche Ausgabe «49 Stories» Copyright © 1950, 1977 Rowohlt Verlag GmbH, Reinbek bei Hamburg.

F. Scott Fitzgerald (1896–1940) wurde in St. Paul, Minnesota, geboren. Er gilt neben Hemingway als einer der Hauptvertreter der «Lost Generation», d. h. der desillusionierten Nach-

kriegsgeneration der zwanziger Jahre. Sein Erzählwerk handelt von der hektischen Betriebsamkeit dieser Zeit, in der Gewinnstreben und Genußsucht überkommene Wertmaßstäbe aushöhlen. Romane: «The Great Gatsby» 1925; «Tender is the Night» 1934; «The Last Tycoon» 1941. – Unsere Erzählung: Copyright 1941 by Esquire Inc. / renewed 1968 Frances Scott Fitzgerald Smith. Abdruck und Übersetzung (Langewiesche-Brandt) mit Genehmigung von Ruth Liepman, Zürich.

Irwin Shaw (1913–1984) in Brooklyn, ist Autor von Erzählungen, Theaterstücken und Filmdrehbüchern. In vielen seiner Werke steht hinter der weltmännischen Leichtigkeit und Eleganz der Erzählweise ein leidenschaftlicher Protest gegen Krieg und soziale Ungerechtigkeit. Romane: «The Young Lions» 1958; «Rich Man Poor Man» 1970; «Bread upon the Waters» 1981. – Unsere Erzählung © 1953 Irwin Shaw. Abdruck mit Genehmigung von Random House Inc., New York. Übersetzung (Langewiesche-Brandt) mit Genehmigung des Autors und mit Zustimmung des Rowohlt Verlages.

Herman Wouk, geboren 1915, stammt aus New York. Sein Name wurde weltweit bekannt durch den 1951 erschienenen Seekriegsroman «The Caine Mutiny», der dem Verfasser den Pulitzerpreis einbrachte und dessen Bühnenversion und Verfilmung sensationellen Erfolg hatten. Auch seine neueren Romantitel («Winds of War» 1971, und «War and Remembrance» 1980) haben den Zweiten Weltkrieg zum Thema. – Unsere Erzählung © 1948 Hermann Wouk. Abdruck und Übersetzung (Langewiesche-Brandt) mit Genehmigung der Intercontinental Literary Agency, London.

Joyce Carol Oates wurde 1938 in Lockport, New York, als Tochter katholischer Eltern geboren. Ihr Werk, das in Stil und Atmosphäre an die literarische Tradition des amerikanischen Südens (Faulkner, Welty) anschließt, spürt vielfach dem traumhaft Abgründigen der menschlichen Psyche nach. Ein Thema, das sie unablässig beschäftigt, ist die Spannung zwischen den Geschlechtern. Kurzgeschichtenbände: «The Wheel of Love» 1970; «A Sentimental Education» 1980;

Roman: «Angel of Light» 1981. – Unsere Erzählung © 1979 Joyce Carol Oates, © 1983 Deutsche Verlags-Anstalt GmbH, Stuttgart.

* Meg Campbell wurde 1944 im Staate Virginia geboren. Sie veröffentlichte Kurzgeschichten in den amerikanischen Magazinen «Redbook» und «McCall's». In diesem Taschenbuch vertritt sie die junge Generation in ihrer aktuellen und kontroversen Auseinandersetzung um die Frauenemanzipation. – Unsere Erzählung © 1973 Redbook, mit Genehmigung von Mohrbooks, Zürich.

Carson McCullers (1917–1967) stammt aus Columbus, Georgia. In ihrem nicht sehr umfangreichen Roman- und Bühnenwerk verbinden sich realistische Detailschilderungen mit einem oft mythisch-makabren Hintergrund. Mit großer Sensibilität erforscht sie Erscheinungsformen der Liebe unter den Stiefkindern der Natur und der Gesellschaft. Roman: «The Heart is a Lonely Hunter» 1940; Erzählungen: «The Ballad of the Sad Café» 1961; Roman «Clock without Hands» 1961. – Unsere Erzählung © by permission of the Estate of Carson McCullers and Mohrbooks, Zürich. © 1974 Diogenes Verlag, AG, Zürich (Aus Carson McCullers, «Wunderkind»).